教育部高等学校高职高专艺术设计类专业教学指导委员会

规 划 教 材

商业摄影与实训

总主编 林家阳　　徐 飞 著

河北美术出版社

编审委员会

顾问名单：

尹定邦　　广州白马公司董事顾问
　　　　　广州美术学院设计艺术学教授
林衍堂　　香港理工大学产品设计教授
官正能　　中国台湾实践大学产品设计教授
盖尔哈特·马蒂亚斯（Gerhard Mathias）
　　　　　德国卡塞尔艺术学院(Kunstschule Kassel)视觉传播学教授
王国梁　　中国美术学院建筑与环境艺术教授
蔡　军　　清华大学美术学院产品设计教授
肖　勇　　中央美术学院视觉设计系副教授
陈文龙　　上海/台湾浩瀚产品设计股份有限公司总经理
林学明　　中国室内设计协会副会长
　　　　　广东集美组设计有限公司总经理

成员名单：（按姓氏笔画排序）

尹小兵	申明远	李文跃	刘瑞武
刘境奇	向　东	陈　希	季　翔
吴继新	吴耀华	张小纲	张美兰
林家阳	赵思有	夏万爽	韩　勇
彭　亮			

学术委员会

成员名单： （排名不分先后）

韩乐斌	闻建强	戴莅	王宪迎	徐慧卿	罗猛省
林 勇	张龙专	陈石萍	周向一	朱训基	杜 军
马牧群	薛福平	黄穗民	沈卓雅	崔午阳	肖利才
张来源	廖荣盛	苏子东	刘永福	刘 军	龚东庆
余克敏	卢 伟	胡拥军	许淑燕	陈玉发	张新武
关金国	丰明高	郑有国	谭浩楠	王联翔	王石礴
赵德全	王英海	陈国清	吴 迪	夏文秀	赵家富
何雄飞	张 勇	李梦玲	江广城	何 鸣	史志锴
莫 钧	陈鸿俊	漆杰峰	肖卓萍	李桂付	蒋文亮
陆天奕	张海红	杨盛钦	黄春波	陈晓莉	钱志扬
孔 锦	徐 南	毕亦痴	王建良	濮 军	吴建华
李 涵	薛华培	虞海良	江向东	李 斌	杨 扬
吴天麟	邓 军	周静伟	冯 凯	尹传荣	王东辉
赵志君	王贤章	朱 霖	戴 巍	段岩涛	侯生录
王效亮	刘爱青	王海滨	张 跃	李 克	乔 璐
王德聚	任光辉	丁海祥	梁小民	王献文	翁纪军
蒋应顺	陆君欢	李新天	颜传斌	洪 波	赵 浩
刘 剑	蔡炳云	赵红宾	孙远刚	潘玉兰	易 林
殷之明	胡成明	罗润来	陈子达	李爱红	沈国强
夏克梁	金志平	田 正	欧阳刚	李 俭	李茂虎
沈国臣	徐 飞	丁 韬	徐清涛	曹一华	秦怀宇
陆江云	钱 卫	洪万里	项建恒	沈宝龙	过嘉芹
李 刚	杜力天	江绍雄	温建良	陈 伟	肖 娜
董立荣	王同兴	韩大勇	金范九	晏 钧	曹永智
郑 轼	康 兵	申明远	邢 恺	王永红	樊亚利
于琳琳					

序 言

艺术设计对于整个国民经济发展具有举足轻重的作用，它使产品的自身价值得到了提升，其附加值也不可估量。因此，如果没有这个概念和意识，我们的产品将失去应有的经济价值，甚至是浪费宝贵的物质资源。

我国的高职高专教育面广量多，其教学质量的好坏会直接影响国家基础产业的发展。在我国1200多所综合性的高职高专院校中，就有700余所开设了艺术设计类专业，它已成为继计算机、经济管理类专业后的第三大类型专业。因办学历史短，缺乏经验和基础条件，目前该专业在教学理念、师资队伍建设、课程设置和教材建设等方面，都存在着很多明显的问题。教育部高等学校高职高专艺术设计类专业教学指导委员会自成立以来，首先履行了教学指导这一职责，即从创新型骨干教师的培养、教材的改革开始引导教学观念、教学内容、教学质量的改进。这次我们同河北美术出版社合作，也是这项改革工程的又一具体体现。本系列教材由设计理论、设计基础、专业设计三部分组成，在编写原则上，要求符合高职高专教学的特点；在教材内容方面，强调在应用型教学的基础上，用创造性教学的观念统领教材编写的全过程，并注意做到各章节的可操作性和可执行性，淡化传统美术院校讲究的"美术技能功底"即单纯技术和美学观念，建立起一个艺术类和非艺术类专业学生的艺术教育共享平台，使教材得以更大层面地被应用和推广。

为了确保本教材的权威性，我们邀请了国内外具有影响力的专家、教授、一线设计师和有实践经验的教师作为本系列教材的顾问和编写成员。我相信，以他们所具备的国际化教育视野和对中国艺术设计教育的社会责任感，以及他们的专业和实践水平，本套教材将引导21世纪的中国高等学校高职高专艺术设计类专业的教育，进行真正意义上的教学改革和调整。

教育部高等学校高职高专艺术设计类专业教学指导委员会主任
全国高职高专艺术设计类规划教材总主编　林家阳教授
2007年11月1日于上海

《商业摄影与实训》参考课时安排

建议72课时（6课时 × 4天 × 3周）

章　节	课　程　内　容		课　时
第一章 **商业摄影基本概** **念与基础** **（29课时）**	**现代商业摄影**	（一）现代商业摄影状况与特点	20
		（二）商业摄影项目实训条件	
		（三）商业摄影的利器——座机拍摄的意义与操作	
	照片输出—— **传统暗房与明室** **数码**	（一）影像基础——黑白胶卷冲洗与黑白照片放大	9
		（二）数码摄影优势——照片的后期处理	
		（三）商业摄影的难题——色彩管理	
第二章 **商业摄影与实训** **（39课时）**	**人像摄影**	（一）商业人像摄影的特点与发展趋势	12
		（二）人像摄影技术要素和艺术要素	
		（三）影室人像摄影布光技巧示范	
		（四）人像摄影不同影调的拍摄技巧	
		（五）标准人像证件照与团体照拍摄要点	
	建筑摄影	（一）光影变化中美的瞬间——建筑摄影的拍摄意义	5
		（二）光影变化中美的瞬间——建筑摄影的拍摄要求	
		（三）光影变化中美的瞬间——建筑摄影的拍摄器材与技巧	
	产品摄影	（一）平面书画作品的拍摄技巧与要求	22
		（二）立体产品照的拍摄要求与准备	
		（三）产品的表面结构、形态、颜色和质感的表现	
		（四）典型质感分类及布光的要求	
第三章 **商业摄影欣赏** **与评析** **（4课时）**	视觉的喜悦与新颖/影像与商业广告		4
	幻彩·意象/静物/食品/珠宝		
	光影的乐章/现代建筑摄影/室内空间摄影/家具摄影		
	视觉的极限/汽车摄影		
	妙不可言/创意摄影		

目 录

商业摄影基本概念与基础

现代商业摄影

现代商业摄影状况与特点

商业摄影项目实训条件

商业摄影的利器——座机拍摄的意义与操作

照片输出——传统暗房与明室数码

影像基础——黑白胶卷冲洗与黑白照片放大

数码摄影优势——照片的后期处理

商业摄影的难题——色彩管理

第一章　商业摄影基本概念与基础

一、现代商业摄影

（一）现代商业摄影状况与特点

参考书目一《现代商业摄影技巧》，包文灿，上海科技文献出版社

《视觉捕手》，逸飞媒体，江苏美术出版社

《世界现代广告摄影经典》，江苏美术出版社

《中国商业摄影》，摄影之友工作室编辑，岭南美术出版社

随着社会主义经济建设和对外贸易的不断发展，我国的商品生产日益丰富，花色品种逐渐增多，商业广告摄影已成为宣传商品的重要手段。

在商品流通过程中，广告宣传对传递信息、扩大流通、促进生产、活跃经济、方便人民生活及发展对外贸易等方面，起到了极为重要的作用。因而，越来越受到人们的重视，各种形式的广告直接与广大消费者见面，在市场上竞争。为了推销商品，一些厂家（企业主、经销商）便选中了富有强烈吸引力和感染力的摄影艺术。特别是超级市场出现之后，人们购买货物时，无需售货员推荐而是直接面对商品，在琳琅满目的各种货物中，商品只能靠包装、广告来吸引消费者。因此，广告摄影越来越显出得天独厚的优越性。

现代商业广告摄影作为一种视觉艺术，在我国起步较晚。作为新的艺术宣传手段用在商业宣传上，比之绘画来说，是较年轻的。因此，在创作构思上，不敢大胆创新；在表现手法上，一般化、公式化的现象较普遍。有的单纯地罗列商品，面面俱到，重点不突出，甚至宾主颠倒；对光线的应用上功夫不深，拍出来的广告照片显得平淡而无变化；有的清晰度不够，质感不强，甚至有失物体的真实面貌；色彩配置及背景运用上均缺乏认真研究。

在西方国家，商品已经国际化，整个国家的生活环境犹如一个广告世界，其中，广告摄影占了极大的比例。例如：美国的广告摄影水平比较高，它的拍摄技巧与制作工艺都不是一般水平所能完成的，许多厂商都愿花较高的代价制作广告摄影宣传品（图1-1-1至图1-1-3）；法国的广告摄影最发达（图1-1-4、图1-1-5），从街上的路牌到商店出售的各种商品包装，使用摄影印刷品的占90％左右。这些摄影印刷品广告，画面生动、逼真，大幅的广告摄影作品在全国各地悬挂，效果很好。

在亚洲，近年来进步也很快，具有代表性的是日本。其摄影、印刷水平都相当高，表现手法大胆，照片追求新意，变化较多，具有空间感，并注重主观及个人风格。色彩不像美国、西欧等所惯用

图1-1-1 拍摄：Howard Schatz　美国摄影师
摘自《视觉捕手》
编著：逸飞媒体
出版社：江苏美术出版社

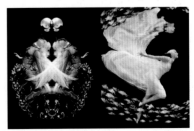

图1-1-2 拍摄：Howard Schatz　美国摄影师
摘自《视觉捕手》
编著：逸飞媒体
出版社：江苏美术出版社

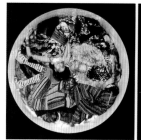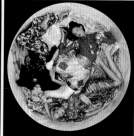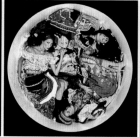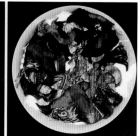

图1-1-3 拍摄：Howard Schatz 美国摄影师，摘自《视觉捕手》，编著：遥飞媒体，出版社：江苏美术出版社

图1-1-4 拍摄：Gaetan Caputo 法国摄影师，摘自《视觉捕手》，编著：遥飞媒体，出版社：江苏美术出版社

图1-1-5 拍摄：Raya Meerzoumen法国摄影师
摘自《视觉捕手》，编著：遥飞媒体
出版社：江苏美术出版社

图1-1-6 摘自《世界现代广告摄影经典》
出版社：江苏美术出版社

图1-1-7 摘自《世界现代广告摄影经典》
出版社：江苏美术出版社

的浓烈，较多的是淡雅色调。香港的广告摄影，人才以年轻人居多，他们接受了中西相互参差式的教育，思想比较自由开放，其作品的水平也很高，广告业也非常活跃。从中国台湾、韩国以及东南亚等地区的广告摄影作品看，和香港特别行政区类似，但都保持着本地区民族的传统及民间广大群众喜爱的表现手法与形式，值得我们现代从事商业广告摄影的专业人员很好地探索与研究。

1. 商业摄影的特点

黑格尔说过："美与真是一回事。"这就是说，美本身必须是真的。这一规律，反映在广告摄影中，尤为贴切。广告的生命在于真实，广告摄影的魅力在于美感。如何让"真"成为"美"，又让"美"表现"真"，确实是广告摄影作品中的关键，或者说是广告摄影的一个美学原则。

广告摄影本身是一种独立的摄影形式。需要注意的是当代社会中广告文化已经形成，广告摄影是在这个大前提下完成其最根本的商业目的。因此，分别由时代性、民族性与商品性构成广告摄影的特征。

广告摄影离不开合理的想象。正像爱因斯坦所说："没有想象力的灵魂就像没有望远镜的天文台。"所以，广告摄影重在想象，贵在创新，妙在用心，要想别出心裁，关键还在于对广告摄影特性的把握。

商品摄影与广告摄影的概念很容易混淆，其实，这两者在表现手法上是有所不同的。前者属于静物摄影的范畴（图1-1-8至图1-1-12），它是直接把商业产品呈现在消费者面前，而后者重在创意（图1-1-13、图1-1-14）。

现代商业产品摄影是一项技巧要求很高的摄影艺术，它必须根据商业的需要，先确定题意，再考虑陪衬、光线运用、景深控制、合理摆布、色彩配置等问题，让死板的、毫无生命的物品通过一系列的艺术手段，产生出生动的画面效果，从而有力地吸引消费者，发挥商品摄影的积极作用。

商业摄影是技术要求较高的专业摄影之一，并具备明显的市场运作目的和目标。当今商业摄影特点更偏向于数码化。

图1-1-13
摘自《世界现代广告摄影经典》
出版社：江苏美术出版社

图1-1-14
摘自《世界现代广告摄影经典》
出版社：江苏美术出版社

图1-1-11　　　　图1-1-12

图1-1-8 南京非凡广告有限公司/张力　　　图1-1-9　　　图1-1-10

图1-1-15 拍摄：郑宏斌，摘自《中国商业摄影》，出版社：岭南美术出版社

图1-1-16 拍摄：林克仁，摘自《中国商业摄影》，出版社：岭南美术出版社

图1-1-17 音乐无羁限，拍摄：Dimitri Danilof 后期：Dimitri Danilof，摘自《中国商业摄影》出版社：岭南美术出版社

2．商业摄影服务的对象和领域

商业摄影为经济服务，有明确的工作目标和质量指标（如广告、出版等），要求从业者有过硬的技术，其工作过程和结果没有偶然性。就商业摄影来说，确实是时效性比较强的，所以比较倾向于以瞬间抓住观众的眼球为主。在商业摄影中我们要明确一个观念：商业摄影作品其实就是满足客户要求的商品，只要客户付钱，那么他们就有决定权。这是一笔买卖，和艺术创作有一定的区别。广告主是付钱的，他有他的想法和诉求，你提供的是摄影服务，不能有太多的个人意识在里面，这就是现代工业的特点，每个人都是"螺丝钉"。

随着市场经济的繁荣，商业摄影也跟着日趋兴旺，它的分类越来越细，应用范围也越来越广泛。它除了有反映商品（成品、半成品）的照片外，还有反映商品的生产过程和消费场面的。商业摄影可分为贸易性商品摄影与消费性商品摄影两大类。贸易性商品是经销商向客户进行宣传的商品，后者则是直接向消费者推荐的商品。商业摄影者要根据这两者针对的不同对象，制定合适的拍摄计划，达到创作目的。宣传对象是商人时，就可着眼于商品的生产过程及其特色，以简单朴实为宜；宣传对象是广大消费者时，则应着眼于消费场面，要求接近生活，新颖巧妙，达到一定的宣传效果。

今天在商业摄影这一领域，已经和传统摄影的再现客观的本质相差较大了。传统摄影离不开客观的再现，而今天的摄影进入了表现的时代，后期技术的导入和飞速发展，要求商业摄影师加强自我意识和创新眼光。这方面如果不加强，就比较被动了。

20世纪七八十年代，在国际影赛中能拿大奖的，都是通过暗房来表现自己思想的摄影师。以前的很多摄影师，如果自己能做好暗房，无疑对作品的提升很有帮助。

现在我们不可能都去研究暗房技术，于是我们能做的是提升自己在数字技术方面的研究。提到数字技术，便不得不提到影像输出。微喷、打印、墨水打印，风格变的多样化，而且不光能在纸上打印，在木板、钢材等各种介质上都能直接输出，这给我们带来很多方便。原来传统的手段和方法，到了数码时代有了与之相应的替代手段。我们的观念如果不更新不学习，以后就没有竞争力。

未来摄影玩儿的是智慧、思想和表现，技术被智能化的手段所替代，准入门槛低。而表现手段现在也日趋多元，重点在于如何应用多元的元素语言来表达自己的情感。

随着数码技术的导入，对商业摄影师来说，门槛看起来是越来越低了，但总体要求其实是越来越高了。

（二）商业摄影项目实训条件

学习目标—明确商业摄影项目实训的必要性

　　　　　摄影实训室的建设与管理

　　　　　熟悉摄影实训室的器材与设备

工作任务—熟悉并能科学地使用摄影实训室的器材与设备，完成

　　　　　相应的工作项目

参考书目—《美国纽约摄影学院摄影教材》*NEW YORK INSTITUTE OF PHOTOGRAPHY*，美国纽约摄影学院，中国摄影出版社

1. 商业摄影项目实训的意义

　　实践性学习作为吸纳知识、思考古今、认知世界、辨别是非、提升自我的最有效途径，应随着实践的深入而逐渐深入。大学实验室是高校学生实践专业技能，继而迈向社会的关键步骤，实验室教学也是高校与社会实现双向选择的有效途径。实验室教学对学生理论结合实际、培养动手能力和专业实践能力具有重要意义。

　　摄影实验室是大学摄影教育中的一个重要教学设施和手段，学生在进行相关学科基础理论学习之后，多数课程都有其技术实践方面的内容，感光化学与光学物理学及电子影像技术的实际接触，基本是在实验室中进行的。暗房课程的讲授也应在实验室暗房进行，摄影教育的专业特点即为理论与实践的有效结合，试验课程便是实现这一过程的重要手段。本着以人为本的科学发展观和"以生为本"的思想，实验室教学无疑为学生模拟了工作环境和工作氛围，营造出一种教学相长、鼓励创新的良好环境。

2. 商业摄影实训室的条件与管理

（1）摄影灯光室的建设

　　目前随着数字相机的发展，开办摄影课的学校越来越多了。摄影越来越普及，选修课程报名学摄影的学生也不断增加。随着摄影理论的发展，实践必须跟上，摄影理论要联系拍摄实践，学生才有兴趣，学习水平才能提高，同时丰富的感性认识又能加快理论水平的提高。摄影一般包括人物、风景、风俗、静物、新闻等方面的题材，而在拍摄人物、静物等方面，学生实习大部分都在灯光摄影室进行。

　　A. 灯光摄影室的建设

　　灯光室的建设必须要对灯具、灯具配件系列、辅助设备、拍摄用的器材有基本合理的配置。

B．对灯具的种类、数量和功率的要求

首先要清楚光型，就是指用来完成拍摄任务的光线类型，大致可分为：主光、辅光、轮廓光、背景光和装饰光五种。

主光：指用以显示景物，表现质感，塑造形象的主要照明光。

辅光：用以提高由主光产生的阴影部亮度，揭示阴影部细节，减小影像反差。

轮廓光：指勾画被摄体轮廓的光线，逆光、侧逆光通常都用作轮廓光。

背景光：灯光位于被摄者后方朝背景照射的光线，用以突出主体或美化画面。

装饰光：指对被摄景物的局部添加的强化塑形光线，如发光、眼神光等。

根据灯光室常用的以上五种光效，每组即每个机位至少配置五个灯才够。（图1-2-1）

图1-2-2 连续光源
金贝太阳灯
色温是5200K-5600K

图1-2-3 频闪闪灯
色温是5200K-5600K

图1-2-4
连续光源白炽灯
色温是3200K

图1-2-5
连续光源石英灯
色温是3500K

图1-2-6
专业柔光箱

图1-2-7
专业灯架

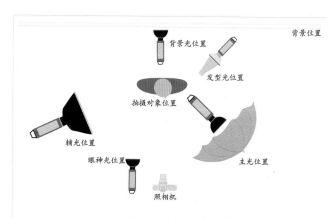

图1-2-1 人像摄影布光图例，徐飞绘制

C．色温要求

又由于使用的胶片分为日光型和灯光型，它们对灯光的色温要求不同， 由此，有一类是频闪闪灯，它的色温是5200K-5600K，适合日光型片用。（图1-2-2、图1-2-3）

另一类是连续光源的灯，色温是3200K，适合灯光型片用。那么，每个机位至少需要配置五个频闪闪灯和五个连续光源的灯。又因为背景光一般使用地排灯（管形卤钨灯），色温是3200K，它的造价比较低，（图1-2-4、图1-2-5）如果在它前面加上蓝色灯光纸，就可把它的色温调到5200K-5600K，即可减少购买一个频闪闪灯。这样，每个机位购置四个频闪闪灯，四个连续光源的灯和一个地排灯即可满足基本需求。

图1-2-8 反光伞

图1-2-9 雷达反光罩

图1-2-10 蜂巢罩

要配合拍摄的五种光效，各类灯具的功率大小也有所不同。 频闪闪灯用做主光的可配置1000W~2000W的一个，其余三个均配置600W即可。连续光源灯用聚光卤钨灯，做主光的可配置2000W的一个 ，其余两个均配置1000W聚光卤钨灯。调焦柔光灯因可做辅光用，配置800W一个即可。地排灯（管形卤钨灯）一个，配置1000W即可。

图1-2-11 束光罩"猪嘴"

图1-2-12 电箱灯头同步线

图1-2-13 普通同步线

（2）必要的灯具配件系列

A．频闪闪灯常用的配件有专业柔光箱、专业灯架、造型灯泡、触发器、同步线、反光伞、束光罩、标准灯罩、蜂巢罩等。

B．专业柔光箱是通过万用接环，把柔光箱与灯头牢固连接，并备有旋转槽，可根据拍摄的需要使柔光箱作360°旋转。

图1-2-14
爱玲珑影室专业闪光灯

图1-2-15 多频道无线触发器

图1-2-16 无线触发器

C．如不用柔光箱时，可直接安装标准灯罩拍摄，此时灯效比加柔光罩强烈。频闪闪灯在拍人像时，借用束光罩，俗称"猪嘴"，灯前加上这种罩，光线效果能集中反映主体，所以每组配上一个比较好。

D．频闪闪灯（影楼闪光灯）都带有造型灯，造型灯色温3200K，也可作为连续光源的光效使用。造型灯泡大多数是100W、150W、250W，是高亮度卤素灯泡。

图1-2-17 持续光测光灰板

图1-2-18 多功能美能达与世光测光表

E．频闪闪灯配合使用的闪光灯触发器，购置时要注意有单频道与多频道的区别。要购置多频道的（图1-2-15），这样在使用时可防止各组之间的干扰。否则当A组频闪闪灯时，若B、C、D等组的频闪闪灯在开放状态，也会跟着同时闪光。如有一些单频道闪光灯触发器在40平方米的

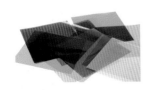
图1-2-19 彩色灯光纸效果

图1-2-20 彩色灯光纸

图1-2-22 静物台

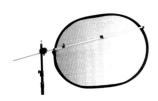

图1-2-23 反光板

图1-2-24 尼康F90X

图1-2-25 美能达X300

图1-2-26 海鸥DF2000

图1-2-21 灯光摄影室

范围内都可引闪,一个组使用时很好,但很多组同时上课就会互相干扰,最好使用多频道的为好。

F．大多数闪光测光表都具有自动闪光测光与同步线闪光测光两种方式。(图1-2-18)同步线闪光测光是非常有用的功能,(图1-2-12)摄影者一个人可以在被摄者面前遥控闪光灯开启闪光,反复测量各点的读数,而避免反复奔跑。因此闪光同步线要多买几根,不仅拍摄时需要它,有时测量光时也需要,用的次数多了又是易损件。

G．连续光源灯具常用的配件有专业灯架、挡光板、调色用的灯光纸。(图1-2-20)常用的灯光纸是雷登80、雷登85及半透明的柔光纸。

(3)灯光室的辅助设备

A．背景架、反光板、调光台、化妆台、石膏像、大静物台等(图1-2-21)。每组一个背景架(最好电动的),可换多种不同颜色背景或渐变色背景。

B．两块反光板,一个调光台,两个插销板(均为多插座的插销板),一个化妆台,桌子、椅子、凳子若干个,各组共用的,不定期有不同人物的石膏像,如大卫、女神等二十多个,以备拍摄时挑选,尽量买一些形象好,有特点的石膏像为宜。

(4)拍摄器材

A．照相机、三脚架、测光表、色温表等。

B．灯光摄影室教学除配置用135、120胶卷的相机外,应购置三台800万像素以上,有闪光灯PC线接口,带有手动挡、光圈、快门,又可以自由组合的数字相机。

C. 目前随着数码技术的进步，数字相机可以充分发挥主观想象力。让模特儿摆各种不同的姿势，甚至是各种瞬间姿态的抓拍，当时看灯光效果，不好则重拍。

D. 对于消费级别的数码相机，应该注意快门延迟，计算好提前量。另外数字相机的CCD感光宽容度在0.5EV～0.8EV值范围，而彩色胶卷的感光宽容度为2.0EV值，反映到照片上就是高光太白，暗区太黑，中间过渡生硬。

E. 数字相机拍摄灯光功率要大，用小光圈，这样可以获得较好的清晰度。目前为数字相机生产了很多种牌号的专用灯具，可使照片色彩达到满意效果。

F. 除购置数字相机外，要买两个60G的数字相机伴侣（图1-2-31、图1-2-32），有了它可以尽情地拍摄，没有了使用传统相机要用大量胶卷的麻烦。

现在我们对数码影视照明的认识还处于开始阶段，随着数码普及速度的加快，数码影视灯具也将成为主流。

G. 灯光摄影室教学应配置一块数字专业闪光测光表和一块色温表，当有些学生忘带表，或曝光不正确时，老师应随时测量给予指正。通常使用闪光灯无线触发器时，相机的同步速度设定：同步速度T=KX（相机快门滞后时间+触发器响应时间+多灯触发延迟时间+闪光持续时间）。K是安全系数，一般取1.5。上述公式仅适用镜间快门相机。帘幕快门相机暂定用1/60秒。对灯光室摄影来讲，学生用数字测光表比用色温表更多一些。购置测光表时要尽量选择功能全一些的，如美能达FLASH METER V1型闪光测光表，它是集入射光与反射光方式一体型的测光仪，能同时显示入射光和反射光测定值等多种数据，有高精度的10点测光功能，有暗部、平均、高亮部不同区域的演算功能、偏差功能和存储功能，为摄影者的曝光提供不可缺少的数据。

美能达色温表除能准确地测量连续光与闪灯光源外，还能将色温测量及滤光过程简化。

（5）摄影棚的管理

A. 灯具如何分配使用

每个机位（每组）最多4-5人，用总的人数除以每个机位的人数即得机位数。如某校学生人数一班30人，设有6组灯位，基本上能满足教学的需要。每组灯光室占地面积不少于40平方米，要满足4个拍摄活动的空间位置为宜。每组每个机位可分配1～5人实习拍摄，如拍摄大画幅相机静物作业时，机位不够，可以临时摆出一些静物台，供学生分组实习用，人太多时可分批进行。

图1-2-27 竖力系列三脚架

图1-2-28 座机架

图1-2-29 佳能350D数码单反相机

图1-2-30 尼康D100数码单反相机

图1-2-31　　　　　　图1-2-32
60G驰能数字相机伴侣　40G驰能数字相机伴侣

B．订立灯光室机器设备管理使用规则

按教学计划有序进行教学实践，灯光摄影室教师辅导学生布光的技术与技法。

爱护机器设备及一切公共设施，由于操作不当造成的机器设备损坏，由使用者进行赔偿。

维护室内卫生，严禁吸烟，严禁随意丢弃果皮、纸屑、口香糖、饮料包装等杂物。

机器设备建立账卡。账、卡、物手续齐备。

保持机器设备外观整齐、清洁，不用时盖好罩布。

把常用的每组设备情况制表，便于每天检查工作。如：某组实习损坏了什么，及时在表中注明，该修的修，该换的换，始终保持机器的完好率在90%以上。

准备一些频闪闪灯用的保险和造型灯泡及连续光源用的各种灯管，随坏随换。

用后务必关掉机器开关及电源开关，防止火灾。

C．灯光摄影室管理人员的素质要求

首先必须是对摄影艺术与技术都精通的人，最好是学过摄影，又喜欢钻研技术的人。

对学生态度要认真负责，耐心、细心。因为在灯光室内使用的都是贵重器材、高级器材，稍不注意就可能发生碰坏、摔坏、烧掉，甚至丢失等让人后悔莫及的事情。

在学校里，教师要与时俱进，教书育人。在思想上要有危机意识，在观念上要有竞争意识，在人才上要有大师意识，在办学上要有开放意识。这样才能办好一流的学校，才能建设好、管理好一流的摄影灯光室。

（6）管理制度

A．摄影棚灯管理制度

a．注意用电安全，摄影棚灯光用电多，线路多，不用的时候及时关闭，避免长时间开启后，导致过热，烧坏设备。人穿行其间，小心烫伤。

b．所有器材轻拿轻放，摄影器材贵重、精密，使用之前要详细阅读说明书，在教师的指导下操作。

c．贵重器材每天清点，妥善保管，照相机镜头、测光表长期不用，要存放于干燥箱。

d．产品拍摄完后，各种灯架、反光板、背景纸收拾整齐，分类存放。

e．人像背景纸禁止穿鞋践踏，避免折痕，使用后及时卷起。

f．摄影棚保持清洁，每天由使用的班级轮流值日，负责打扫。

g．离开影室之前拉下电源总闸。

h. 注意关锁门窗，防盗。

i. 实训期间详细做好课题记录与实训总结。

B. 暗房安全管理制度

a. 注意用电安全，注意节约用水。

b. 干湿作业区严格区分，因为一些药液会对金属有腐蚀作用。

c. 按指定区域完成实训。

d. 注意认真阅读药品标签，严格按程序操作。

e. 配好的药液容器上贴好标签与使用人姓名，避免不必要的失误。

f. 有些药品有一定的毒性，注意防护，戴手套操作，尽量使皮肤不接触药液。

g. 配制好药液后及时清理器皿、桌面，物品归位。

h. 冲洗不同的胶卷，先看使用说明，按厂家的要求严格操作。

i. 冲洗黑白胶卷要在全黑的环境下进行，检查暗房是否漏光，及时堵漏，显影时间、温度一定要严格控制。

j. 暗房以小组为单位轮流实训，一组最多不能超过五人，不要在暗房内吵闹、嬉戏。

k. 使用暗房之前，应当详细阅读墙上的操作规程，做到心中有数。

l. 爱护暗房里的设备，先熟悉暗房里各物品的位置，印放照片之前充分做好准备工作。

m. 黑白片的印放严格做试条，掌握最小的曝光量、最大的黑度的放大技巧。

n. 完成实训后，及时清洁设备，擦净桌面，房间打扫干净，废弃物及时清理，设备用完之后及时关闭电源。

o. 如果长时间在暗房工作，要开通风设备及时换气。

p. 个人物品自己保管好，底片、相纸不要任意放置，应存入外面的储物柜。

q. 不要自行拆装暗房里的设备，自然损坏及时保修，人为损坏照价赔偿。

r. 实训结束后及时归还暗房钥匙，清点设备。

s. 实训期间详细做好课题实训的记录与总结。

实训作业：

观摩摄影实训室，熟悉器材设备，了解规章制度。

练习要求：认真观察，从网络收集一些一流的摄影棚的相关资料与学校摄影棚比较，完成比较报告，提出相关问题与改进措施。

（三）商业摄影的利器
——座机拍摄的意义与操作

学习目标—深刻理解摄影原理和常识
掌握座机的拍摄技巧
培养严谨的工作方式与拍摄习惯
工作任务—使用座机加数码后背拍摄商业产品照一组，并能进行
相应后期处理，达到商业摄影的要求
参考资料—中国摄影在线　http://www.cphoto.net/

　　掌握包括移轴、仰俯、摇摆等技术动作。移动照相机的前组会
改变清晰平面，而移动后组会改变透视关系。大画幅相机的影像大
到我们可以关注细节，我们还可以借助放大镜看到许多更细微的东
西。大画幅相机的工作方式与小相机不同，它需要摄影师有一种严
谨的工作方式。

1. 使用座机拍摄的意义

　　（1）中小画幅照相机，它们的镜头平面与胶片平面是完全
平行的，也不能移动，而大画幅相机的这两个平面是可以相互运
动的。这种相互运动包括了移轴、仰俯、摇摆等技术动作。（图
1-3-1）

　　（2）要弄明白前景深、后景深、影像圈、视角、清晰平面等
等这些词。这些词离开大画幅是难以真正描述其意义的。为什么移
动照相机的前组会改变清晰平面，而移动后组才改变透视关系？这
都需要大画幅的知识来解释。

　　（3）从技术角度上说，大画幅相机才真正综合了诸多的摄影
知识于一身。使用大画幅相机可以让你更加深刻理解摄影原理和常
识，并在实践中加以应用，让你明白"知识就是力量"的道理。

　　（4）使用大画幅相机的第二个着眼点是影像质量。摄影是以
技术为基础的艺术，离开影像质量的摄影只能算是马虎的记录。

　　（5）使用大画幅相机的第三个理由是"细节"。这个细节有
两层意思，其一是对人眼而言的，我们的眼睛对非常微小的东西观
看比较困难，这就造成了我们使用小相机在取景时忽视了许多东
西，当时我们看不到它的存在，但洗成照片后我们才发现。而大画
幅的影像大到我们可以关注细节，我们还可以借助放大镜看到许多
更细微的东西。

图1-3-1 金宝4×5座机

图1-3-2 学生在使用座机拍摄产品

（6）大画幅相机的工作方式与小相机不同，它需要摄影师有一种严谨的工作方式。你想不严谨都不行，那会根本得不到照片。用大画幅相机的人都明白，大画幅会使人去几分浮躁，多几分思索。

2. 座机拍摄的辅助设备

（1）片盒：也称为后背，一般的片盒可以正反两面各装一张胶片，事先使用暗袋安装好，拍的时候再插入机身。一般来说，后背只要符合国际标准规格的，都可以通用于不同机身，但是要注意Horseman生产的某些后背仅仅能适用于它的机身，还有Sinar有一种Rollfilm Holder Zoom 2型多功能万用后背，可以在同一个后背上更换不同的拍摄片幅，但重量比较大，价格也昂贵。对于120相机后背只要是符合国际标准格拉夫制式的，就可以适合所有符合格拉夫后背的4×5相机。现在的4×5相机的后背一般都是依据格拉夫标准制造的。如果是插入式的120后背，则适合所有的4×5机器。另外如果出门不想带太多的片盒，Fuji Quicikchange或者 QuickLoad快装片盒很方便，一次可以放置8张底片，而大小仅与一盒普通的录像带相仿。此外，最新的数码机背可以让你的大画幅相机顷刻间变成一台顶尖的数码相机，但价格不菲。

（2）测光表：大画幅相机和135/120相机不同，它们是没有安装内置式测光表的，要想精确控制曝光，用独立测光表来决定曝光是必不可少的。独立测光表的测光方式大致有3种：入射光测光、反射光测光和TTL焦点平面测光。要根据实际拍摄需要来选择测光方式。常见的独立测光表品牌主要有高森、美能达、世光等。

（3）冠布：冠布就是用来在取景时遮挡阳光的盖布。用黑布蒙头已经是大画幅相机的标志性形象了。黑布蒙头看似不方便，不过由于黑布把摄影师和外界隔绝开来，只有摄影师和相机的存在，使得摄影师可以更加专注于表达摄影意图，可以用放大镜直接贴着磨砂屏精细调焦，还可以提高磨砂屏的取景亮度，使得拍摄过程从容不迫，精益求精。冠布可以自制，最佳颜色是一面黑色一面浅色，布料选择棉质或者厚一点的尼龙都可以，但最要紧的是悬垂性要好，不然会影响遮光效果。

（4）快门线：使用快门线可以减少相机的振动，保持影像质量。要选择那些外套质地柔软，在冬天不易硬化又具有一定刚度的产品。长度不宜过长，以50cm左右较为合适，因为太长的话在野外容易受到刮风的影响，使镜头产生振动。

（5）取景放大镜：为了精确调焦，取景放大镜是必需要的，因为它的使用频率很高，一个长筒型、非球面、远眼点、体积小的取景放大镜是非常理想的选择。选择取景放大镜的倍数以6倍左右为佳，因为过大容易使磨砂玻璃的颗粒过于明显，影响对焦过程。长度上选择10cm以上为佳，因为在一些光线昏暗的条件下可以不使用冠布直接用放大镜进行对焦。

（6）皮腔式遮光罩：用遮光罩可以提高拍摄的图片质量，这种高级的遮光罩可以调整长度和角度，以配合不同焦距的镜头和不同的移轴调整，保护影像少受外部光线的影响。此外内置的独立滤镜架可以安装使用各种效果滤镜。

（7）增亮屏：它可以使取景器更加明亮，调焦更加方便精确，看着也舒服很多，有的大画幅相机在出厂的时候就配好了增亮屏，但一般都需要自己另行购买。

（8）正像取景器：可以使取景、构图、调焦更加方便舒适的附件，有单目和双目正像取景器之分。

（9）大画幅相机的附件系统：还包括暗袋、水平仪、延长导轨和支架、曝光补偿计算尺等丰富的产品。此外，舒适的摄影背囊或者安全可靠的器材铝箱和大型稳定的三脚架也是必需的。

3. 座机的操作步骤

（1）打开光圈：观察，根据最后照片所要求的主题和前后景的大小关系，确定拍摄位置。（图1-3-3）

（2）取景：使影像处于磨砂取景玻璃的中央。为了防止室内杂散光线的干扰，使磨砂取景玻璃的影像更为清晰，有必要使用调焦遮光罩或者取景器。（图1-3-4）

（3）调焦：你可以通过移动前机架或后机架进行调焦。移动后机架调焦时（图1-3-5），镜头至胶片之间的距离保持不变，磨砂取景玻璃上的影像大小也不受影响。当进行近距离拍摄时，这一点特别有用，因为这时镜头的微量调整就会改变影像的尺寸。

（4）检查现场：照相机在定位时要求能产生适当的透视，镜头的视场要求应足以上下左右覆盖被摄体。即使有足够大的视场（被摄体只占了底片的很小部分），也一样要检查。如果你必须改变画幅尺寸，应另选一只具有适当覆盖率、能产生足够大影像的镜头。

（5）再调焦：如果换用镜头，必须再次调焦。

（6）调整影像尺寸：在该过程中，有必要将照相机移近或移远，以调整被摄体的影像大小。如果需要比较大的调整，请移动整幅座机架。对于微量的调整，可在座机架上沿导轨前后移动机器。照相机的移动要比三脚架的移动来得方便。

（7）校正：为了校正影像的变形，需偏摆或倾斜机器的后背。（图1-3-6）

图1-3-3 打开光圈

图1-3-4 取景

图1-3-5 调焦

图1-3-6 偏摆或倾斜机器的后背

（8）影像的再居中：如果可能，利用机器后背的横向移动或纵向移动将影像移回中央；如果不能对后背调整，就应该对机器的前机架进行调整，并检查影响尺寸的任何变化情况。

（9）调整清晰范围：如果景深不够，可对镜头进行偏摆和倾斜调整，使主体包含在清晰调焦区域内。

（10）清晰区的辅助调整：如果影像变形不太严重，并且镜头的偏摆和倾斜调整还不能够满足清晰区域的精确定位，你还可以对后背进行辅助调整。

（11）再调焦：使用后机架再次对影像进行调焦，使影像清晰区域的定位更加准确。

图1-3-7　设定光圈

（12）计算曝光量：使用曝光表确定准确的曝光量。运用反射光测光表读取最明亮的高光区和最暗的阴影区的测光值就能够确定反差范围。基本的曝光量，可运用入射式测光表测出平均照度。

（13）增加曝光量：在近摄时，由于皮腔的延伸，需要对增加后的曝光量进行计算。

图1-3-8　使用小型放大镜

（14）检查景深：将镜头设定在实用光圈数值上（图1-3-7），检查磨砂取景玻璃上的影像是否有足够的景深。使用小型放大镜可以看得更为清晰。（图1-3-8）

（15）检查取景磨砂玻璃：在取景磨砂玻璃的边角区检查渐晕的情况，以确保扩展后的皮腔没有侵入到影像区内。同时，还要确保在取景磨砂玻璃上的影像中没有与主题无关的东西，否则将其去掉。

图1-3-9　确定快门速度

（16）确定快门速度并扳上快门解扣装置，关闭快门（图1-3-9、图1-3-10）。根据正确的曝光量和已设定的光圈确定快门速度并扳上快门解扣装置。调整快门时，应注意对要求使用高速快门凝固的动体，要么提高照明亮度，要么放弃大景深而用大光圈。

图1-3-10　上紧快门

（17）曝光测试：插入一次成像胶片后背进行试曝光，检查曝光、照明和构图效果。如果使用数码后背拍摄，可以直接在计算机上观看效果。应确保机器和脚架上的所有旋钮都处于锁紧状态，以避免后背拉出来时调焦发生偏差。曝光后，有些摄影师在拉出一次成像胶片之前，就将胶片后背移出照相机，这样可以避免照相机上的各项设定受到干扰。

图1-3-11　插入片盒

（18）插入片盒：如果对检查结果满意，可将片盒插入。（图1-3-11、图1-3-12）

（19）抽出保护挡板：检查镜头，确保快门已关闭，然后将片盒保护挡板抽出。

（20）稳定：稍等片刻，使机器处于完全稳定状态。

（21）曝光：一般总是使用快门线释放快门，按动快门线上

图1-3-12　插入片盒

图1-3-13 关闭光圈

图12-3-14 片盒保护挡板抽出

图1-3-15 曝光

图1-3-16 保护挡板复位

图1-3-17 保护栓扣上

的按钮可以使手的运动传递得到衰减，从而确保机器产生鲜明、清晰的影像。（图1-3-15）

（22）将保护挡板复位：曝光后应立刻将保护挡板复位在将保护挡板重新插入前的位置，意外地把片盒移出照相机，往往会使胶片报废。（图1-3-16）

（23）锁定：将片盒顶端的保护栓扣上，以确保散页片不会意外脱落。（图1-3-17）

（24）检查保护挡板：重新插入保护挡板时应保证抽条的黑面朝外，这表示内装的是已曝光的页片。如果忽视这点，很有可能导致相同的散页片的两次曝光。

（25）检查调焦情况：移去片盒，打开机器的快门和光圈，再次检查调焦情况，确信在操作照相机的全过程中调焦没有发生任何偏差。

实训作业：

使用座机拍摄商业产品照一组。

练习要求：构图合适，影像质量细节清晰，层次丰富。

注：一组6张

说明：从技术角度上说，大画幅相机才真正综合了诸多的摄影知识于一身。使用大画幅相机可以让你更加深刻地理解摄影原理和常识，并在实践中加以应用，让你明白"知识就是力量"的道理。

使用大画幅相机的第二个着眼点是影像质量。摄影是以技术为基础的艺术，离开影像质量的摄影只能算是马虎的记录。

二、照片输出——传统暗房与明室数码

（一）影像基础
——黑白胶卷冲洗与黑白照片放大

学习目标—掌握摄影感光原理

　　　　　熟悉黑白胶卷显影与定影的药液配方

　　　　　熟悉冲洗用具

　　　　　掌握黑白胶卷显影方法

工作任务—拍摄加工冲洗传统银盐黑白胶卷二卷。自己加工冲洗，
　　　　　地熟悉黑白摄影的基本原理，能够对所拍影像进行更
　　　　　好控制

参考书目—《美国纽约摄影学院摄影教材》*NEW YORK INSTITUTE OF*
　　　　　PHOTOGRAPHY，美国纽约摄影学院，中国摄影出版社
　　　　　《摄影技艺教程》，颜志刚，复旦大学出版社

1. 黑白摄影的特点

　　黑白摄影是摄影术的开端，虽然人们早就希望所拍摄的照片能
够真实地再现自然界中的色彩，但是当彩色摄影真正普及之后，人
们又重新认识到了黑白摄影的巨大魅力。使用传统银盐材料所拍
摄、制作的黑白影像的实际保存时间已150多年，因此至今黑白摄
影仍被认为是最佳的影像档案的记录方式。

　　目前常见的黑白胶卷有两大类，一类是传统的银盐黑白胶卷
（图1-4-1、图1-4-2），它至今已经有超过一个世纪的历史，它
以卤化银乳剂为感光材料，将其涂布于柔软的化学片基之上而形成
了胶卷，比在此之前的玻璃片基感光片无论是使用还是保存都方便
了许多；另一类则是最终以染料的形式形成单色影像并存留在底片
之上的染料型黑白胶卷（片），这种黑白感光材料大约出现在20世
纪70年代，设计的初衷是希望那个年代的新闻摄影记者能够利用随
处可见的彩色冲洗店，快速地冲洗胶卷并制作照片。

图1-4-1　公元黑白胶卷与乐凯涂塑2号放大纸

　　另外，使用这种胶片还可以将宝贵的白银回收。染料型黑白胶片
是彩色负片胶卷的异类，自然也必须用冲洗彩色胶卷（负片）的办法
去加工，把它送到彩色照片冲扩店，应该是最好的选择。

　　传统的银盐黑白胶卷，则一般多由自己加工冲洗，为的是能够
对所拍影像进行更好地控制，更因为几乎所有的黑白胶卷冲洗工艺
的具体细节都不一样。

图1-4-2　依尔福黑白胶卷与放大纸

图1-4-3 玻璃烧杯、塑料杯、量杯、漏斗

图1-4-4 天平

图1-4-5 温度表

图1-4-6 专用塑料瓶

图1-4-7 原装显影与定影浓缩液

2. 冲洗用具的准备

冲洗胶卷的用具不是太多，但可以说样样都是必备工具，虽然它们其中还有某些用具的代用物品，但我们仍以尽量标准的方式向大家介绍。

玻璃烧杯，它的容量最好能够达到1000ml（毫升），因为每一种黑白摄影冲洗配方都以1000ml为基本单位。在冲洗的时候，我们既可以用这种烧杯配制药液，也可以把它用做盛装自显影罐中倒出药液的容器，因为用它装药一般要比往药水瓶子里倒的速度快得多，同时也能清楚地看到药液的浑浊程度。（图1-4-3）

（1）天平

最大称重500g的架盘天平，是称量药物的重要工具。虽然用来配制冲洗药品的天平，不一定要像高级的精密天平那样精确，但至少也要能够准确称量0.1g的化学药品。（图1-4-4）

（2）烧杯

剂量液态药品的烧杯，一般有150ml的容量也就够用了。在配制酸性定影液的时候，一定要用到这样的小型烧杯，否则若直接在有硫代硫酸钠的大烧杯中倒进高浓度的冰醋酸，会导致药液浑浊，以至于失效。

（3）玻璃棒

搅拌药液要用这种专用的玻璃棒，因为玻璃的化学稳定性极好。但这种物品的缺点是易碎，使用的时候一定要小心。其实找一根不上油漆的竹筷子也能替代这根玻璃棒来使用，只不过由于竹木制品有吸附功能，显影、定影要各配一根单独使用。

（4）温度表

是度量药液温度的温度表（图1-4-5），它是一个很重要的胶卷冲洗用品，并直接关系到胶卷冲洗的品质，不可购买劣质的产品。温度表的作用有两个，一个是配药的时候用它衡量水温；二是在胶卷显影的过程中监视药液的温度。玻璃柱状的温度表有两种，水银介质的较为准确，但其显示不甚明显，破裂之后会有一定的危险（水银中毒）；酒精介质的一般精度较差，但显示明确，而且价格便宜；金属制作的显影专用温度表的指针式显示最为直观，但这种产品的价格也最贵，并且要经常测试它的准确性。遇到温度表不准确的时候，可以使用以下方法测定出它的误差，以便在使用中加以矫正：取一杯30℃～40℃的温水，将被测的显影温度表与一只水银柱在最低限的体温表同时放入水杯中，直至体温表示数不再上升为止，这样即可看出被测的显影温度表是否存在误差。如果真的存在误差，在使用时记住补偿。

（5）专用塑料瓶

配制好的冲洗药液一定要放在可以进行极好封闭（图1-4-6、图1-4-7），以及理化性能稳定的容器之中保存。这是几只用来盛装冲洗药液的专业密封塑料瓶，在瓶盖上标明显影液与定影液加以区别。其他深色的玻璃瓶或者塑料瓶也可以使用，但一定要有较好的的密封，以防止药液氧化或泄漏。

图1-4-8 显影罐

（6）显影罐

明室手工冲洗胶卷的"主角"——显影罐（图1-4-8），我们要把胶卷安装在里面，然后经由它外面的避光沟槽把显影液或者定影液倒入其中。显影罐有沟槽式和胶带式两种，又有不锈钢以及塑料制成的不同产品。

图1-4-9 暗袋

（7）暗袋

暗袋（也称做暗房袋）是让你能够在明亮的环境中安全地将胶卷装入显影罐的方便工具。（图1-4-9、图1-4-10）这种物品可以到摄影用品商店去购买，也可以自己动手制作，但必须使用能够绝对避光的材料，如不透光的黑色绸缎、尼龙、呢子。如果你有一间避光性能良好的暗室，也可以省去这个暗袋，干脆在暗室里拆装胶卷。

图1-4-10 暗袋

（8）漏斗

塑料漏斗，它的作用想必大家都会知道，即为了往瓶中倒入药液时会更加方便，如果在这个漏斗中铺上一片脱脂棉或定性滤纸，还可以将药液中的若干杂质过滤干净。漏斗还有搪瓷以及玻璃的，但搪瓷的极易生锈，而玻璃漏斗则容易破碎。应急的办法是可以剪一段塑料饮料瓶子的瓶口部分予以替代，也可用塑料片甚至厚纸叠成漏斗形状以应急需。

图1-4-11 胶片夹子

（9）胶片夹子

胶片夹子（图1-4-11）用以悬挂胶片，以便干燥。至少备两个，有4～6个更好。晾衣服用的弹簧夹子也不错。

（10）润湿剂

润湿剂，润湿剂可加速胶片晾干而不出现水迹。

（11）海绵

海绵，一种照相专用的黏胶海绵，比厨房用海绵更为适用。

（12）剪刀

剪刀，任何家用剪刀均可。

把你需要的化学药液按次序排列成行，摆开你所需的用具，用品、随用随取。

3. 黑白胶卷显影与定影液

（1）D76显影液

D76冲洗的颗粒细腻，反差适中，对阴影部位有良好的层次再现。对感光度、颗粒度和反差性的兼顾是所说五种微粒显影液中最好的。这也是D76的最大特点,适用于大部分通常的冲洗需要。

（2）D76 1：1显影液

D76 1：1（一份D76原液加一份清水）冲洗的颗粒细腻，类似D76原液冲洗，反差略低于D76原液，能增强明暗部之间的边缘效应，清晰度较好。D76 1：1通常只做一次性冲洗，即显影一次后废弃不用，因而能较理想地稳定前后冲洗效果。处理颗粒性细腻的胶卷或拍摄反差偏大的景物时，采用D76 1：1的效果优于D76原液，便于控制反差和使明亮部的密度不致太大。

（3）D23显影液

D23冲洗的颗粒性较D76更细，但不如D25和DK20。反差效果是所说五种微粒显影液中最小的，能抑止强光部位的密度，促进阴影部位的显影。显影宽容度大，显影过度也不会使强光部位的密度过大。保存性好，配制简单，只有两种药品。适用反差较大景物的冲洗，对闪光摄影的冲洗也十分适宜，尤其是一卷胶卷既有闪光拍摄，又有自然光拍摄的情况更合适。

（4）D25显影液

D25冲洗的颗粒极为细腻，类似DK20，也称"超微粒显影液"。反差柔和，层次丰富，不会产生二色性灰雾。配方中的亚硫酸氢钠易潮解失效，配制时要注意检查药品情况。采用D25冲洗要损失一挡光圈的感光

表1-1 D76显影液配方

药品	原液用量	补充液用量
水（50°C）	750毫升	175毫升
米吐尔	2克	3克
无水亚硫酸钠	100克	100克
几奴尼	5克	7.5克
硼砂	2克	20克
加水至	1000毫升	1000毫升

表1-2 D23显影液配方

药品	原液用量	补充液用量
水（50°C）	750毫升	750毫升
米吐尔	7.5克	10克
无水亚硫酸钠	100克	100克
硼砂	/	20克
加水至	1000毫升	1000毫升

表1-3 D25显影液配方

药品	原液用量	补充液用量
水（50°C）	750毫升	
米吐尔	7.5克	
无水亚硫酸钠	100克	同D23补充液
亚硫酸氢钠	15克	
加水至	1000毫升	

表1-4 DK20显影液配方

药品	原液用量	补充液用量
水（50°C）	750毫升	750毫升
米吐尔	5克	7.5克
无水亚硫酸钠	100克	100克
偏硼酸钠	2克	15克
硫氰酸钠	1克	5克
溴化钾	0.5克	1克
加水至	1000毫升	1000毫升

表1-5 D72配方

药品	用量	工艺
水（50°C）	750毫升	1:2稀释使用，适用反差正常的底片印放。显影温度200°C，显影时间2分钟左右。1000毫升1：2的稀释液可显影6英寸照片60张左右。冲洗胶卷宜1：5至1：10稀释。
米吐尔	3.1克	
无水亚硫酸钠	45克	
几奴尼	12克	
无水碳酸钠	67.5克	
溴化钾	1.9克	
加水至	1000毫升	

表1-6 简易定影液

药品	用量	工艺
水（50℃）	700毫升	摄氏16℃~24℃，定影10分钟左右。该定影液配制简单，用药品少，但易污染，要经常换新鲜药液，只适宜少量冲洗之用。
硫代硫酸钠	240克	
无水亚硫酸钠	10克	
加水至	1000毫升	

表1-7 酸性定影液

药品	用量	工艺
水（50℃）	700毫升	摄氏16℃~24℃，定影10分钟左右。配制时要注意等无水亚硫酸钠溶解之后再加入醋酸，否则，醋酸会把硫代硫酸钠中的硫析出而导致定影液失效。
硫代硫酸钠	240克	
无水亚硫酸钠	30克	
醋酸（28%）	48毫升	
加水至	1000毫升	

表1-8 酸性坚膜定影液

药品	用量	工艺
水（50℃）	700毫升	摄氏16℃~24℃，定影10分钟左右。配制时要注意等无水亚硫酸钠溶解之后再加入醋酸，否则，醋酸会把硫代硫酸钠中的硫析出而导致定影液失效。加硫酸铝钾时应注意液温在30℃以下，否则会产生沉淀。
硫代硫酸钠	240克	
无水亚硫酸钠	15克	
醋酸（28%）	45毫升	
硼酸	7.5克	
硫酸铝钾	15克	
加水至	1000毫升	

表1-9 快速定影液

药品	用量	工艺
水（50℃）	700毫升	摄氏16℃~24℃，定影1分钟左右。定影时间过长会有减薄作用。在接近0℃时定影5分钟左右。
硫代硫酸钠	175克	
无水亚硫酸钠	25克	
醋酸（28%）	10毫升	
硼酸	710克	
加水至	1000毫升	

度，如ISO100胶卷只能当做ISO50曝光。对反差平淡或曝光不足则不宜。

（5）DK20显影液

DK20冲洗的颗粒极细腻，又称"超微粒显影液"。反差柔和、层次丰富；易产生二色性灰雾；要损失一挡光圈的感光度，即按原片速拍摄时要开大一挡光圈。反差平淡或曝光不足则不宜采用DK20冲洗。

二色性灰雾：指胶片由于显影或定影原因而产生的一种灰雾，这种灰雾在反射光下看上去呈淡红或淡黄色，而在透射光下看上去呈紫色。使用硫脲1.4克，柠檬酸1.4克，加水至125ml的药液可擦去胶片上的二色性灰雾。

如表1-1至表1-4所示各配方的标准冲洗温度均为20℃，标准显影时间则因胶卷种类不同而不同，应注意厂家推荐的显影时间或通过试验确立标准显影时间。对D76推荐冲洗8分钟的胶卷，D76 1∶1可用12分钟，D23可用12分钟，D25可用15分钟，DK20可用20分钟试验。

显影：显影是冲洗的关键。相纸显影常用"D72 1∶2"为标准显影液。D72配方见表1-5。显影标准温度为20℃，标准时间通常为2分钟左右。显影时注意翻动相纸，以免显影不匀，观察显影效果时也不要离安全灯太近。

图1-4-12 显影定影药品

图1-4-13 现成显影定影药品

4. 黑白胶卷显影方法

显影操作包括如下几个步骤：

首先，将你的已摄胶片浸入一种称做显影剂的化学溶液。它在胶片上有选择地产生作用，把那些已经感光反应的卤化银晶体转化为黑色金属银，而那些未感光的晶体则不发生反应。

让胶片浸在显影中一定时间，使已感光的晶体充分转化为金属银，紧接着，必须立即制止显影作用。因为，你的底片如果在显影液中停留时间过长，以后印出的照片，反差势必过高。所以，下面的一个操作步骤，即及时把胶片从显影浴槽中取出，并浸入停显浴槽中，使胶片的显影作用立即停止。

然后，将胶片从停显液中取出再浸入定影浴槽。这种定影剂一般称做海波。它把没有感光的卤化银晶体溶解，从而清洗掉。留给你的是一张由黑色金属银（即拍摄时原始景物的反射光使胶片上的卤化银产生光化反应后转化成的金属银组成的底片）。

最后，你必须将胶片上残留的化学物充分洗净。再将胶片浸入润湿剂浴槽，以利于水迹快速干燥。然后把片子挂起来晾干。

这些步骤比较简单，不需太多技巧和太大设备，但须严格操作，注意细节，保证洁净。

定温定时法：

怎样利用最少的设备和药物，一步一步地冲显胶片，其基本方法叫做定温定时法。此法无需暗室。

在详述定温定时的胶片冲显操作之前，让我们通过各步骤的提要，对整个操作过程作一综述。先从把你的已摄胶片装入明室显影罐这一操作谈起，这是唯一需要在全黑条件下进行的操作步骤，可以在不透光的小间、地下室和你屋子里的任何无光场所。胶片被圈插进显影罐后，盖上防光罐盖，转移到亮处，在普通光照条件下进行如下化学操作。

A．将显影液注入罐内。显影液的温度按生产厂家的规定，一般保持在20°C。

B．按规定时间让胶片在此药液中进行显影，根据厂家指定的时间通常为5～12分钟。

C．倒出显影液。

D．注入停显液。

E．30秒钟后倒出停显液。

F．注入厂家规定温度的定影液。

G．按厂家规定的时间进行定影后，倒出定影液。

H．洗净胶片。

I．晾干。

现在，你便得到了一张加工完毕的负像底片。

5. 胶片显影操作步骤

第一步：将胶片装进插片轴盘

你须在全黑场合进行这一步骤，如果没有暗室，一个壁橱是最好的选择。你可试着站在里面，睁开眼睛，心里估计已过约3分钟，环顾四周，如果你看不到哪怕一线最微弱的光，这个黑屋可以放心使用。如发现些微漏光，可用黑布加以阻挡。

把胶片插进轴圈是显影操作过程中唯一的技巧所在，谁都不愿意在这一步上出错，所以需要实习。可用一卷胶片来做插绕练习，直至确信可以在全黑处操作为止。你可闭上眼睛或在全黑条件下自我训练，花费一个胶卷可以防止将来损坏许多有价值的影像。所以这是一项有利的投入，请在全黑处不断重复练习。

按步骤装好片子还是容易做到的。你预先把显影罐体、插片轴盘、罐盖、暗盒开启器和剪刀——放置好，以便在黑暗中随手取用。然后做好各种化学品溶液的准备工作，遵照厂家的使用指南，把化学品溶解或稀释好，并调节至规定温度。现在开始进行以下操作：

熄灯绝光开启35mm胶卷暗盒，可用一个开瓶器或柯达暗盒扳开器。扳下暗盒帽盖——不是轴头伸出处的那个盖儿，而是另一头的那个帽盖儿。千万不要用手指触摸胶片表面，只许轻捏片条两侧的边缘来运作。

按照显影罐厂家的使用说明，小心地把片子穿插到盘圈里去。你必须用两个手指轻轻捏紧片边，使略呈弧形（图1-4-14至图1-4-17），否则片子插不进盘圈。

如果用的是120胶片，也是采用同样方法把片子插进盘圈。不过事先要把它的背纸撕掉。当你把整卷片子插进盘圈旋沟槽，要防止发生任何滑落或扭折，然后把盘圈放入显影罐内，紧扣罐盖。这时你就可以把显影罐移至正常的室内光线下进行以下操作。

有一个窍门为许多职业照相工作者乐于采用。他们在显影罐盖上盖子后，就用一条密封带把罐盖儿与罐体扣合的那条缝全部封上。以防止操作过程中罐盖突然脱开。保证从操作开始经过以下各个步骤，直至全部操作完毕，都是在罐身与罐盖紧扣不脱离的状态之下。然后才撕弃封带。这一措施可以确保你不致因意外开盖，使整卷不可重复的已摄影像尽遭破坏。

第二步：注入显影液

首先，在量杯中倒入容量足以浸没胶片的显影液，并检验温度。将计时器的指针拨在准确的时间读数上，启动它，并立即把显影液通过罐顶的防光口倾注罐内。倾注动作应迅速而持续，对16盎司的显影罐每隔不大于20秒钟的时间摇动一次（若相隔时间过长，可能造成显影不均匀。因为胶片底部接触显影剂的时间长于顶部的时间）。

方法一：

图1-4-14

图1-4-15

图1-4-16

图1-4-17 完成

方法二：

图1-4-18

图1-4-19

图1-4-20 两手反方向运动

图1-4-21

图1-4-22

图1-4-23 完成

把罐身稍稍倾斜更易于注入溶液，但不可能使罐横卧。注液时手握罐体呈一定角度，可以排出罐内的空气。

采用大小适宜的显影罐。一个16盎司的显影罐可叠装两个35mm的胶片穿插盘圈。如果你只装1卷胶片，则把已装片的盘圈放在下部，把一个空盘圈放在上部，以免晃荡。即使你只冲一个胶圈，也应该倾注16盎司的药液到罐内，这样可防止操作中空气混合到显影液里。

大罐显影按相同方法操作。（图1-4-24）

第三步：搅动

胶片装进显影罐后，先把罐放到一个坚硬的平面上，如洗涤水斗的底部，稍稍用力使罐底与硬面碰几下，从而让胶片表面可能附着的小气泡溢出。把罐身倒过来，翻过去，摇动几下（图1-4-25），然后放下罐子。这之后，每隔30秒钟按同样手法摇动一次（图1-4-26），直至达到预定的显影时间，务必遵照各种显影剂所附的使用说明。以上操作手法对大多数显影剂都是适用的。要注意，在你拿起显影罐时千万不要只提罐盖，一定要紧握罐身。

搅动显影液可促进显影，搅动次数越多，动作越剧烈，显影速度也越快（图1-4-25）。所以你必须确定一个一致的、规范化的手法，以取得稳定的效果。确定标准的搅动手法，与确定标准的显影时间和温度同样重要。

在每次搅动间歇，冲洗一下温度计，测量一次温度。预先将足够量的停显液倒进量杯，以备倾注到罐内。校正停显液的温度，使之与显影液的温度相差只在1°C~2°C。如果你在显影之后用过冷或过热的停显液，定影液或水洗用水由于温度骤变，会使湿润、柔软的胶片乳剂层收缩或膨胀，银粒排列变动，使画面出现难看的网纹。所以从显影操作开始至结束都要保持温度准确、恒定。

注意：不要忘记在刚倒入显影剂后，即把显影罐放到一处坚硬的面上碰几下。实践中，我们发现学生冲显底片常见的问题是表面留有气泡痕迹。按指定的手法碰击显影罐底，这种现象即可避免。

第四步：倒出显影液

一听到计时器的铃响就很快将显影液倒出。时间控制的精确性十分重要。（图1-4-27）

如果此显影液准备重用，通过漏斗倒回到事先已加入准确数量显影补充液的贮液瓶中。如果用的是一次性显影液，就把它倒到废液桶里去。

第五步：注入停显液

快速、持续地把停显液倒进罐内，轻轻摇动。停显时间无须十分精确，按常例半分钟就够。

第六步：倒出停显液

把用过的停显液倒掉。有些停显液商品有指示剂，可用到停显液变色为止，也就是说，如颜色未变，还可重用，可倒回到原来的瓶子里。清洗漏斗与温度计。

第七步：注入定影液

定影液可取与显影液、停显液相同的温度。按厂家规定的定影时间拨好计时器，很快把定影液倒进罐内，先每分钟摇动30次，然后每1分钟摇动10次，趁摇动间歇，清洗用具。按理说，胶片在海波里定影一分钟后，你就可以打开盖子，看看胶片上的负像状况如何而不致对它们有所伤害。但是片子还绕在盘圈上，不方便，所以还是放弃这个诱惑。

图1-4-24

虽然定影要求的时间没有差不得几秒钟那样的严格，为使操作规范化，还是应该仔细按照厂家指导，规定一个确切时间。如果让胶片在定影液里停留过久，海波会对负像产生漂白作用；如果定影时间过短，会使胶片上存在一层乳白色残留物，从而难以或不可能做出一张好照片。所以还是切实遵循指导为好。

第八步：倒出定影液

当定影时间已经达到，将定影液通过漏斗倒回到瓶子里（在1夸脱或1加仑的定影液瓶上记上已定影过的胶卷个数，在定影能力耗尽之前，将该液废弃）。

图1-4-25　搅动

现在你可打开罐盖，胶片上的影像已不会受光的任何影响了。

第九步：胶片水洗

将已显影完毕的胶片在操作温度下水洗15～20分钟，从而把海波彻底洗去。可将出水软管从盘圈中心直插底部，此法可保证水流直接流经胶片。插片盘圈子已被放入量杯，水从软管中冲入杯底。如果你只从上部注入，表面的水是转换了，而底部的水还是原来的水。洗片用水不能过冷或过热，应调节到接近"室温"，在20℃～24℃范围内。

图1-4-26　搅动

为进一步保证水洗彻底，有一类称做"水洗助剂"的化学品可供照相工作者采用。其中有两种通用助剂，一种是柯达产品，名叫"海波清洗剂"（Hypo Clearing Agent），另一种是海可（Heico）产品，称做"潘美水洗"（Perma Wash）。在定影完毕后，立即水洗30秒。然后放入海波清洗剂中约1～2分钟，并轻轻搅动。紧接着以流动水冲洗，时间可由5分钟改为1分钟。

第十步：加润湿剂

水洗彻底之后，将底片放进一个根据厂家指导配制的，含有少量润湿剂的水溶液。润湿剂应按稀释操作的规定精细配制，太强的润湿液会伤害胶片。润湿剂使水的表面张力降低，从而避免水分以珠状或条状附着在胶片表面上。使用润湿剂的目的，就是为

图1-4-27

了防止胶片表面出现难看的水迹，并可促使湿胶片较快干燥，从而减少胶片在浸湿时黏附尘粒的可能。将已稀释的润湿剂与水混合，配成单独的润湿液。不要把此液直接倾注到盘圈上，以免出现水泡。最好把轴盘浸到浴液中。

使用水洗助液或润湿液时，都不要在液浴中搅弄胶片或使用杂七杂八的搅拌器触碰胶片。在使用潘美水洗助剂时，搅动要轻缓而持续，然后将浴液倾出。

不要考虑节省水洗助剂和润湿剂的工作液，每一显影操作阶段都应采用新鲜工作液。

第十一步：晾干胶片

你先用小夹子夹起胶片，然后挂起来晾干（图1-4-28）。但你先要把胶片上多余的水抹掉，虽然有不同形式的工具，如挤压器（用两块海绵分别黏贴在两个平面上做成的夹子）曾一时被采用为胶片拂拭除水器，但我们还是推荐照相专用的黏胶海绵。

（1）胶片经过揩拭可以加速干燥，把黏附尘粒或其他可能的损伤减少到最低限度。

（2）把胶片拂拭一下，可以把水洗过程中可能黏附到胶片表面上的任何不洁细粒除去。

（3）轻拭胶片可以避免由于润湿剂可能稀释不当（太强），而在胶片表面形成污渍。

许多照相工作者采用细孔纤维海绵来去除胶片上的多余水分。你可以从照相材料商店，或者在有卖擦洗汽车用的精细海绵的开架售货店里，找到这样的材料。

先把海绵切成适当大小的两块儿，做成"海绵三明治"形状备用。用前先以清水冲洗，然后适当挤干。不能采用干海绵拂拭胶片，因为它太粗糙。

现在你该在胶片上端夹上夹子，但要先拭去胶片上端的多余水分，然后上夹。否则，夹口处片子部位的水分很难干燥。将片条放在两片海绵之间以吸去多余的水分。将片条挂在从天花板上悬下的小钩子，或靠墙的钉子，或已绷紧的"晾衣绳"上。片子挂上后，将你的两片海绵夹在胶片的两面，用很轻的压力，自上而下轻轻地试去片面的水分。再在片子底端夹上夹子，防止胶片在干燥过程中形成卷曲。

胶片必须悬挂在无尘场所，远离人们走来走去、尘埃扬起的地方。不要紧靠墙面或其他平面，以免黏贴碰伤。在干燥初期，胶片打卷儿，似一条发怒的蛇，很容易碰到邻近的东西。如悬挂一卷以上的待干燥胶卷，至少应相隔10~12英寸，并要特别注意风力或空调气流影响，防止片与片相互碰撞。

图1-4-28

图1-4-29 观看冲洗胶片效果

现在，以洁净水洗净海绵，挤去余水，待干燥后放在清洁的塑料袋内（图1-4-30），以保持无尘。注意：使用前必须先以水浸湿。

图1-4-30 装进无酸纸袋保存胶片

实训作业：

练习：冲洗高低调黑白胶卷各一卷。

要求：影像质量细节清晰、层次丰富、反差合适，符合黑白照片的放大要求。

6. 黑白照片放大

学习目标——掌握黑白照片放大技巧

　　　　　认识和熟悉黑白照片显影与定影液配方

　　　　　认识和熟悉黑白照片放大工具

　　　　　掌握黑白照片显影与定影方法

工作任务——制作6张影像完整的照片，规格为25.4cm×30.5cm。

　　　　　高调照片制作时宜浅不宜深，软硬适中。低调照片的印放应掌握一个基本原则，即亮中有亮，暗中见层次，宜深不宜浅。亮中有亮，即在人物主光位上存有亮光，暗中见层次即人物暗部位有细微影纹

（1）放大机的作业程序

A. 底片的调整

选择合适的底片夹，把底片的片段对好底片夹的窗口，再夹在底片夹内，装入放大机。注意：底片一定要把乳剂面向下，如向上图像就反了。对于成卷的底片，对好底片夹的导销，然后夹住，装入放大机，再把底片挂在底片托架上，以防底片挡住镜头。如要更换画面时，即轻轻托起底片夹把手，让底片夹有一定的间隙，再轻轻沿着导销移动底片（切记：不要硬拉，以防拉伤底片），画面找好后放下底片夹把手就行了。

B. 调节焦距

把放大机尺板（选购）放在底板上，打开放大机开关，把底片投影在放大机尺板上，开大镜头光圈，转动对焦旋钮，使之对焦清楚。

图1-4-31 放大机

C．放大倍率的调节

要调整放大尺寸或剪裁画面时，用左手按住升降杠杆，让机身上下移动，调整放大尺寸。如果变更放大倍率的话，焦距也会错位，所以必须重新调节焦距。

D．曝光

把放大镜头的光圈调整到F8左右，让放大机熄灯，把相纸的乳剂面位于上面夹在放大机尺板面，然后进行曝光。

E．放大镜头

M6700放大机可以放大尺寸到6cmX7cm的底片，不过要应付放大底片的尺寸，就要使用合适的放大镜头。

用下列的最短焦距去放大，画面周围的光线会变暗，四角的焦距会变成放射状，这就是如果镜头的焦点距离太短，连接焦距的包括面积（像圈）会窄起来，而不能补偿胶片全面。另外使用焦点距离太长的放大镜头，放大率小，所以不能得到大的画面。

6cm x 7cm底片	80mm～90mm镜头
6cm x 6cm底片	75mm～80mm镜头
6cm x 4.5cm底片	75mm～80mm镜头
35mm底片	50mm～75mm镜头
半幅底片	38mm～50mm镜头

（2）放大机使用技巧

A．滤色片使用

彩色或可变反差照片可取下滤色片屉，放入相应的滤色片，就可进行彩色或可变反差照片的放大。

B．对墙放大

如需进行超尺寸放大，可对墙放大，只需松开机身固定旋钮，机身旋转90°，把升降架上的两个定位销，插入底片座下的垂直定位槽位内，然后拧紧机身固定旋钮即可。

C．对地放大

也可以进行对地放大，只需松开立柱与底板的固定螺丝，把立柱进行180°旋转，再把固定螺丝拧紧，就可以进行对地放大。请务必在底板上放置抗衡物。

D．翻拍架的使用

取下放大机头，把照相机底孔对准机身固定旋钮，再拧紧旋钮即可。

（3）定时器使用方法

A．为了确保使用安全，定时器（图1-4-32）电源进线采用单相扁极三线插头，供电给定时器的单相三线电源插座应接上良好的地线。

B．定时器背面右边的接线柱供外接控制按钮用（例如脚踏按钮），输出插座为三线制，下边大孔为地线脚。定时器如用于放大机，此脚可与放大机的接地线端相连接（即放大机作单相三线输入）。如只用红、白灯做晒相用而无接地要求，则此脚可空接。

C．"对焦/挡位变换"开关为状态选择开关，分别对应三种工作状态。

在"对焦（＝）"位置时，进入对焦状态，始终保持白灯（放大机）亮，定时电路不起作用。①QH-3B型，LED数码管显示"FOC"（英文Focus的前三位），按"多用按钮"，LED数码管显示"PXX"，其中XX表示开机工作到现在共定时曝光了多少次，即冲洗了几张相片，可作为统计工作量的参考。②QH-3C型，LED数码管显示"F-X"，F表示Focus（对焦），X表示亮度等级（9～0），+档范围调节，"9"挡最亮，"0"挡最暗。本机预设在"9"挡，或根据实际曝光量的需要调节。按一次"多用按钮"亮度递减一挡，减至"0"挡重新回到"9"挡，重复循环。

在"挡位变换（一）"位置时，进入时间范围选择状态。按"多用按钮"可在"0.1S～999S"之间进行切换。

D．在"定时（0）"位置时，即进入待定时状态。先根据曝光时间的要求将拨盘开关置于适当的位置，拨盘开关数字与LED数码管显示——对应。按一下"多用按钮"定时控制立刻启动，白灯（放大机）即亮，从设定值开始倒计时，LED数码管显示定时过程，当递减到"0"时定时结束，白灯（放大机）熄灭，红灯（暗房灯）亮，完成一次定时控制。如在定时中途将"对焦/挡位变换"打到"对焦"位置，则定时立刻结束，进入"对焦"状态。（图1-4-33）

E．定时器应保管在干燥清洁的室内，如果暗房湿度高，用毕应移放在干燥无腐蚀性气体的地方。

（4）控制影像的大小

可以通过升高或降低放大机机头来控制影像的大小尺寸，镜头离相纸越远，即机头越高，尺寸板上影像就越大。如果想制作小照片，就降低机头，使镜头离尺寸板近一些；如果想制作大照片，就升高机头，使镜头离尺寸板远一点。

（5）控制影像的清晰度

一旦设置了所希望的影像尺寸，就要准备精确调整投射到相纸上的影像焦点。这一点可以通过旋转调焦旋钮来实现。当我们转动调焦旋钮时，镜头就上下慢慢地移动一小段，镜头移动时，焦点就改变了。在某一处，我们可以看到最清晰的影像，这通常就是我们所想要的影像。

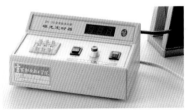

图1-4-32　定时器

图1-4-33　对焦/挡位变换

正如前面所指出的，当我们聚焦影像时，要关上安全灯，目的是显示出便于观察的最明亮的可能影像，这样我们就可以进行精确再聚焦，这就是运用镜头光圈的地方。我们应当把光圈开到最大进行聚焦，以得到最明亮的可能影像。

聚焦将会轻微地改变影像的大小，如果变化太大，就稍微升高或降低机头来重新设置影像的尺寸，然后再重新聚焦。

我们可以在空白的尺寸板上聚焦，但是这样做忽略了实际曝光中放到尺寸板上的相纸厚度。如果我们聚焦于尺寸板的光面上，那么当我们将相纸放入时，由于相纸厚度的影响，影像会稍微偏离焦点。

因此，我们需要在和实际相纸一样厚的练习纸上聚焦。该练习纸应该放在曝光期间，相纸在尺寸板上的大致同一位置上。

解决的办法是在尺寸板上放置一张并未印相的空白相纸，对每一张相纸聚焦时，可以重复使用同一张空白相纸。由于在聚焦过程中，每次都把它当做目标，因此它就变成了我们的"样张"。

一旦我们准确地聚焦于目标样张上以后，再将样张移走，同时将要进行曝光的相纸放到尺寸板上，则影像正好聚焦于该相纸上。

怎样才能知道什么时候恰好聚焦于样张上了呢？我们可以相信自己的眼睛。当我们看到最清晰的可能影像时，就说明影像已经聚焦于样张上了，此时停止调节并锁定该位置。

问题是我们的眼睛并不是一种精密的工具，特别是在放大机影像的昏暗光线下，我们很难仅仅通过目测影像而得到绝对清晰的焦点，我们还需要一些辅助装置。

这里所使用的辅助装置是一种便宜的工具，它叫做聚焦放大镜，看起来很像微型显微镜（图1-4-34）。将这种放大装置放在样张的中央，从目镜中观察并慢慢地调节放大机上的调焦旋钮，直到清楚地看到底片上的颗粒，颗粒非常清晰时，影像也就会非常清晰。借助于聚焦放大镜，我们就不会错过精确的焦点。

（6）控制影像的亮度

影像亮度控制是在放大机投影产生的影像上所进行的第三项控制，与照相机镜头一样，可变光圈控制着通过镜头的光线数量。加大一挡光圈，通过的光线数量就增加一倍。这样，f/4挡所通过的光线就是f/5.6挡的两倍。

首先，把镜头光圈开至最大，在能够看到最明亮的可能影像时进行聚焦。然后，把光圈缩小二至三档进行曝光，正如我们前面提到的一样，即：

A．大约在f/8到f/11之间，镜头的焦点最清晰。

B．较小的光圈允许较长的曝光时间，使我们有时间对影像进行控制和处理。

图1-4-34 聚焦放大镜

C．增大景深，以克服相纸或底片的起伏不平所引起的任何微小的聚焦偏差。

（7）放大尺寸板

曝光时要将相纸放在尺寸板上。有许多种类型的尺寸板可供我们选择，固定尺寸的尺寸板，有时也称快速尺寸板，是最便宜的。这些尺寸板具有特定的不可调的尺寸，比如4英寸×5英寸，5英寸×7英寸，8英寸×10英寸和11英寸×14英寸，我们将适当尺寸的相纸放进尺寸板就可以了。但是，它缺少灵活性，制作不同尺寸的照片需要不同尺寸的尺寸板。

可调尺寸板由一个木质、金属或塑料的沉重底座及与之相连的金属滑尺组成（图1-4-35）。双滑尺式的尺寸板在其左边和上边有预置好的边框，我们移动金属滑尺就可以构成右边和底边的边框。这种结构存在的问题是，如果我们通常仅对底片的一个角进行放大的话，就必须将尺寸板放在偏离中心的地方，以至于尺寸板往往会位于放大机底座之外。颗粒非常清晰时，影像也就会非常清晰。借助于聚焦放大镜，我们就不会错过精确的焦点。

（8）放大纸的选择

A．最常见的是可以购买一盒50张的那种。（图1-4-36）

B．决定我们购买的相纸尺寸，正如前面所提到的，我们建议开始时就使用两种尺寸的相纸——8英寸×10英寸和11英寸×14英寸的。如果我们想使用更小的相纸，就将较大的相纸裁切成需要的尺寸。

C．决定我们喜欢的饰面——表面。我们可以在纹面、绸面到光面的范围内选择。

D．决定使用纤维基相纸还是RC相纸。我们建议使用RC相纸，它比较容易处理。

E．如果用纤维基相纸，我们必须决定是使用薄纸基还是用厚纸基。我们建议使用厚纸基相纸。

F．我们必须决定是使用等级反差相纸还是使用可变反差相纸。

G．等级反差相纸：我们通过使用某一特定反差级别的相纸来控制反差。标有0号或1号的相纸反差最小，而4号或5号相纸的反差最大。使用这种等级反差相纸的问题是，我们必须具有每一种可能用到的反差等级的相纸。

H．可变反差相纸：这种相纸由高反差和低反差的两种感光乳剂组成。将它们的反差中和一下，大致相当于2号相纸。在放大时可以通过不同的滤光片控制照片的反差。这些滤光片能够改变到达相纸的光线颜色。这些颜色的变化使高反差或低反差乳剂所占的优势比例发生变化，从而改变反差。

图1-4-35 放大尺寸板

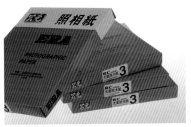

图1-4-36 公元涂塑3号放大纸

图1-4-37 对底片进行清洁

图1-4-38

图1-4-39

图1-4-40

图1-4-41

（9）照片放大的基本步骤

A. 清洁底片：使用毛刷、洗耳球或压缩空气罐对底片进行清洁（图1-4-37）。在放大机镜头下的光线中，以某一角度对底片进行检查，以确保它已经完全清洁干净。由于静电吸附灰尘，所以应该尽可能地使用抗静电的毛刷。

B. 将底片放进底片夹，乳剂面向下（图1-4-38）。为了在相纸上得到朝向正确的直立影像，将底片插进放大机时，要把画面的上部正对着自己（图1-4-39）。垂直拍摄的整幅35mm影像通常以横向的位置投影。检查相纸上的影像，确保没有左右颠倒。例如，如果照片上有文字，则在投射的影像中它应当能按正确的顺序读出。

C. 在尺寸板上放一张空白照相纸（图1-4-40），我们建议在使用11英寸×14英寸相纸之前，尽量在8英寸×10英寸的相纸上进行练习。关掉室内的电灯并将安全灯打开，从盒中（或相纸保险箱中）取出一张8英寸×10英寸的相纸，关上盒子。将这张相纸用做聚焦的目标。由于我们并不对它进行印相，因此在其上面做一个"X"标记，以免误对它进行显影。将剩下的相纸放回关闭的盒子后，打开室内的电灯。调整尺寸板的滑尺，在相纸周围形成一个1/4英寸的边框。如果我们想在8英寸×10英寸的相纸上制作全尺寸的照片，则可以将尺寸板的滑尺设置为9英寸×7英寸，而不要认为照片必须充满整张相纸。柯达的相纸裁刀不会告诉我们画面应当是多大尺寸。如果我们想对整张底片或只对底片的一部分进行放大，则要选择最适合画面艺术需要的尺寸。

一旦设置好了尺寸板的滑尺，闭上眼睛也可以准确地将相纸滑入尺寸板直到将它插入其中。记住：一定要把相纸的乳剂面朝上。

怎样才能知道哪一面是乳剂面呢？如果使用纤维基的相纸就很容易判定了。一般地，光泽的一面是乳剂面，尽管在安全灯昏暗的照明下，通常我们也能清楚地看到一面比另一面光亮得多。

D. 调整放大机机头（图1-4-41），把室内的电灯关掉并打开放大机。如果放大机和计时器相连接的话，就按下计时器的按钮，即关上安全灯并打开放大机（图1-4-42）。把镜头开到最大光圈（图1-4-43）。上下移动放大机机头直至得到所要的影像大小，对焦（图1-4-44），然后在该位置锁定。放置好尺寸板并调整它的大小以精确地适合于影像，并至少在各边留出1/4英寸的空白边缘。

E. 尺寸板上放有用于聚焦的目标相纸（图1-4-45），使用放大镜对其进行精确聚焦，旋动放大机的调焦旋钮直至得到尽可能清晰的颗粒。如果颗粒异常精细的话，我们会发现很难对它进行聚焦。在这种情况下，可以将放大镜移到影像明暗交界区域的某一部分，在明暗区域之间利用明显的反差变化将会较容易地看到颗粒。

F．把相纸插入尺寸板前，先拉上放大机镜头上的安全蒙板（图1-4-46）。从尺寸板上移走目标相纸，并将一张新的放大机纸乳剂面朝上插入其中。同时，确保相纸盒或相纸保险箱关闭并不透光。

G．曝光（图1-4-47），将放大镜头调整到工作时的光圈，通常是f/8或f/11。打开放大机光源并持续一段预定的时间。

H．将相纸滑入显影液，曝光之后，将相纸从尺寸板中取出。一定要只拿着相纸的边缘，然后将它迅速浸入显影液中。相纸进入显影液时应当是边缘先进入，并且正面朝上，还应当迅速而完全地浸入药液。多练习几次后，我们应当能做到将相纸浸入药液而又不弄湿手指。

一个专业的窍门儿，是将盘子的一端稍微抬起，让显影液流向另一端，将相纸黏附在药液较深的一端，然后将盘子放低，这样显影液就会平稳而均匀地流过相纸。

有些相纸在刚润湿时可能会卷曲，这时要用夹子压着相纸的边缘直到相纸变平。由于感光乳剂比较柔软，所以夹子要轻轻地接触相纸。而且要记住，这把夹子只能用于显影液，不要将它用于其他的药液。

最后一点值得注意的是：对于初学者而言，出于经济因素的考虑，往往在盘子中只放很少的显影液，因此相纸可能会露出液面。实际操作中，显影液应当充至盘子边缘的3/4英寸处。

I．搅动照片，按照生产厂商的说明书，显影时间通常是1～3分钟。在这一过程中，要不断地搅动照片确保显影均匀。为了保证均匀显影，用夹子夹住相纸的边缘不断移动，并不时地将夹子从相纸上的一角移到另一角，这样可以减弱它留在相纸上的的痕迹。搅动的另一个方法是轻轻地摇动盘子，将显影液晃到相纸上，这时要确保相纸的四个角都浸没在药液中。

在显影时间结束之前，一定要抑制住所有将相纸拿出显影液的冲动。很少有摄影师能在安全灯下鉴定照片的质量。一般情况，首先出现的是非常暗的影调，只是在显影后几秒中，中灰色和较明亮的影调才会充满画面。这种暗影调的快速出现，会导致许多初学者过早地拿出相纸。

而且，很普遍的现象是，初学者一看到出现暗影调就惊慌失措，这时他们往往认为相纸显影过度了，就立刻拿出相纸进行补救。在此，提醒大家千万不要这样做。在整个显影时间结束后，如果照片太暗，则可以在制作另一张照片时减少在放大机中的曝光时

图1-4-42 调整放大机机头

图1-4-43 开到最大光圈

图1-4-44 对焦

图1-4-45

图1-4-46

图1-4-47

间。但是，不要改变显影时间。

J. 沥干照片上的残存药液，在整个显影时间结束后，用显影夹夹出照片，并在显影盘上方停留大约10秒钟，沥掉残存的显影液。

K. 将照片浸入停显液（图1-4-49），在进行这一步骤时，确保显影夹不接触停显液药液。如果不小心接触到了停显液，在下次使用之前一定要将它冲洗干净。把显影夹跨在显影盘的边沿上放置。现在使用停显夹在停显液中搅动照片15~30秒。然后和前面所述一样，夹出照片并沥出残存药液。

L. 将照片浸入定影液（图1-4-50），尽管这一点不太重要，但还是尽量使"停显夹"远离定影液药液。而且，在该液中当然要使用"定影夹"搅动照片。按照厂商的提示，使照片在定影液中停留一段时间。虽然停留的确切时间并不是关键，但是时间也不要太长，否则照片可能会被定影液漂白。在定影液中，先连续搅动2分钟，然后每分钟至少要搅动10~15秒。两分钟后，我们可以打开电灯检查一下照片并鉴赏一下我们的作品。

M. 漂洗照片，照片定影后，必须经过彻底的水洗，冲洗掉所有的化学药品。为什么要这样做呢？因为，如果化学药品残留在照片上，会使高光的细节褪色并引起污染。

因此，用定影夹把照片从定影液中取出以后，可以沥干一会儿，然后把它放到水洗液中，这两种液可以使用同一把夹子。

现在，我们可以从下面的两种方法之中选择一种漂洗照片。

方法1：流水漂洗法。将照片从定影液中取出，并将上面附着的定影液沥干到盘子中。将照片放到漂洗液中，漂洗的时间应按厂商建议的时间长度来确定。若使用纤维基相纸，该过程大致需40分钟。若使用RC相纸，通常只需两分钟。（图1-4-51）

漂洗液中的水应当是不断循环的，流入新鲜的水并将旧水排出。最好用水管或虹吸管将新鲜的水以稳定的水流直接注入盘中。一种可行的方法是，将盘子放在水槽中，使水龙头的一股水连续不断地缓缓流入盘的一角。其中"缓缓"是关键。不要让流速很大的水直接冲击照片脆弱的乳剂面。水的温度应当在65°F~75°F（18℃~24℃）之间。

为确保漂洗彻底，必须不断地搅动，不停地上下翻动照片，并不断地倒干盘子中的水，再重新注满。

当我们冲洗每一张新照片时，可以将它放在漂洗液中其他照片的上面，然后按适当的时间间隔取走下面已经漂洗了足够时间的照片。

方法2：辅助水洗法。有些专业人员感到不管多长时间，普通水的漂洗都不足以冲掉所有的定影液。因此，他们使用下述的方法：将照片从定影液中取出并沥掉附着的定影液后，把它放在缓缓

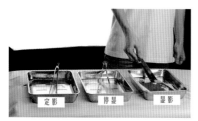

图1-4-48

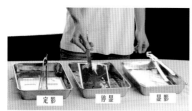

图1-4-49

图1-4-50

图1-4-51

流动的流水下清洗1～2分钟，然后将照片放入"永久漂洗"液（5分钟）或柯达的"海波清除剂"（3分钟）中。在这些药液中，要不停地搅动照片。当时间结束时，把照片沥干并放入新鲜水中，如方法1所描述的，再漂洗一个完整的时间段。由于RC相纸漂洗时间很短，因此它不需要辅助漂洗。

　　N．干燥照片，沥干照片并擦干或"挤压"照片两面所有的水滴。对于纤维片基相纸，将照片正面朝上放在干净的摄影吸水纸上（可在摄影器材店买到），并用摄影海绵（也可在摄影器材店买到）擦干照片的前后面。然后把第二张干净的吸水纸盖在照片上面，并压上一小堆书或杂志来产生足够的压力防止照片卷曲。干燥至少要进行几个小时，干燥的时间依赖于房间内的温度、湿度和空气流通的情况。对于RC相纸，一旦用海绵吸干照片表面多余的水后，就把它放到干净的表面上，比如纸巾就可以，或者吊挂在空中自然晾干。（图1-4-52）

图1-4-52

（10）剪裁

A. 什么是剪裁

　　仅放大底片画幅的一部分的技术称为剪裁。剪裁只是对画幅的一部分进行曝光，以此方法可以制作出更合意的、布局更好的照片。

　　剪裁的主要目的是制作一张完美的照片，以一种最具美感的或最引人注目的方式来表现场景。换句话说，是制作一幅最能满足以下三项指导原则的影像：

　　a. 被摄主体明确的影像。

　　b. 注意力集中在被摄主体上的影像。

　　c. 去除掉了易于分散注意力的部分使影像简洁。

　　剪裁也可以使我们调整底片的尺寸以适合相纸的尺寸。35mm的底片在放大时并不能完全充满8英寸×10英寸或11英寸×14英寸的相纸。但是，由于我们不必完全拘泥于相纸的精确尺寸，因此这是一个小问题。如果照片需要6英寸×10英寸的尺寸，那么就制作6英寸×10英寸的照片，然后剪去剩余的部分或者遗留下较宽的边界。相纸的尺寸并不是不可改变的。

一些有名望的摄影家认为不应该裁底片。他们认为，现场的精确拍摄要远胜于在暗室里对照片进行后期处理。他们的理由是，拍摄时的构图更能表达主题，因为取景器中的影像是"活生生的"、"有热情的"，而在暗室中处理的是"无生命的"、"冰冷的"影像。

B．如何剪裁

实验：制作一张完整影像的照片，然后用一张纸遮盖住照片每边的一部分。任何纸都可以（所用的纸可以是空白的相纸或白板），但要足够宽以盖住影像区，且不透明以遮挡住其下面的影像，同时要有直边用以显示新的边界线。通过做实验确定新影像的最佳轮廓。

除了用四张纸或纸板以外，还可以使用两个L形剪裁工具，也就是L形的纸板。将它们放置在全尺寸的照片上，来回移动工具直到得到想要的最佳影像为止。然后，用彩色铅笔、记号笔或者像上节课中所学过的使用遮挡胶带标出边界。

设置尺寸板的滑尺，一旦确定了如何剪裁影像，就将尺寸板滑尺设置到合适的尺寸和比例。最简单的方法是将整个影像投射在一张目标纸上，然后移动尺寸板滑尺，直到其框住了想要放大的剪裁区域为止。如果有必要，可以重新设置影像的大小，然后聚焦，就可以准备制作照片了。

图1-4-54 学生习作

图1-4-53 学生习作

图1-4-55 学生习作

实训作业：

放大高调、低调黑白照片6张，规格为25.4cm×30.5cm。

练习要求：制作6张完整影像的黑白照片。高调照片制作时宜浅不宜深，软硬适中。低调照片的印放应掌握一个基本原则，即亮中有亮，暗中见层次，宜深不宜浅。亮中有亮，即在人物主光位上存有亮光，暗中见层次即人物暗部位有细微影纹。

注：画面中，由灰、浅灰、白三种色调组成的影调所占比例大，深灰、黑色调组成的影调所占比例小，称为高调。画面中，由浅灰、中灰、深灰、黑几种调子组成的影调所占比例大，白、浅灰所占比例小，称为低调。

（二）数码摄影优势——照片的后期处理

学习目标—熟练使用Photoshop软件

熟悉不同色彩模式之间的转换

根据创作的需要能合理地调整数码照片的色调与层次

根据不同的用途能合理地设置数码照片的文件大小

工作任务—拍摄彩色数码照片转换不同影调的黑白照片，并能够

对影像的层次更好地进行控制。扫描黑白老照片，进

行着色练习

参考资料—中国摄影网

天极电脑设计网

橡树摄影网

1. 数码照片的后期处理

Photoshop CS简介

　　Photoshop CS 适用于摄影师，它具有全新的工具、增强的功能、更丰富的图像。Adobe Photoshop CS 可以满足当今摄影师的种种需要。

　　（1）控制原始相机图像

　　Photoshop CS 直接采用了新一代"相机原始数据"增效工具，因此你可以直接操纵原始相机数据，从而完全控制图像预处理。"相机原始数据"增效工具的特点在于：全新的颜色校准控件，通过文件浏览器进行批处理，以及支持大多数主流数码相机型号。

　　（2）全面的16位编辑

　　所有核心的 Photoshop 功能现在都可用于处理16位图像，包括图层、绘画、文本和形状。

　　快速匹配颜色，将一幅图像或一个图层的颜色方案应用于另一图像或图层，可轻松地让时装摄影或商业摄影照片获得一致的表现效果。

　　（3）在编辑的同时实时查看直方图

　　使用新的"直方图"调板可以同时查看图像及其直方图，从而可以在进行更改时监控图像的变化。

　　（4）创建镜头模糊效果

　　轻松制作出用相机镜头光圈拍摄的高光效果。"镜头模糊"可以应用于整个图像、选区，或将 Alpha 通道用做深度映射。

　　（5）模拟照片滤镜效果

　　自定滤镜调整图层可以模拟标准摄影镜头滤镜的效果。

图1-5-1 彩色数码照片

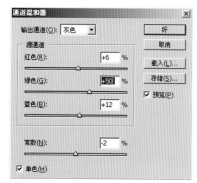

图1-5-2

图1-5-3 数码黑白照片

图1-5-4

（6）轻松纠正曝光问题

使用"暗调/高光"调整可以修改暗调和高光部分，同时保留图像现有的中间调，从而轻松校正图像中曝光过度或曝光不足的区域。

（7）快速替换颜色

使用新增的"颜色替换"工具，可以毫不费力地更改图像中任意区域的颜色，同时保留原有的纹理和阴影。

（8）自动裁切并修齐

扫描多幅图像不再是一件很困难的事情。将一张或多张照片放到扫描仪上，将它们扫描到 Photoshop 中，然后运行"裁切并修齐照片"，使用 Photoshop 自动将每幅图像拷贝到它自己的文档中，并根据需要旋转图像。

（9）快速创建全景图

将多幅图像合并为浑然一体的全景图，并且可以选择将每幅图像保留在单独的图层上，这样可以更好地控制最终的输出结果。

（10）自定图片包

"图片包"为你提供了多种方法，使你可以很轻松地在一张打印稿中合并多幅图像或同一图像的多个副本。现在，使用 Photoshop CS 中的"图片包"窗口可以交互式地编辑现有的版面，并且可以很精确地控制图像的位置和间距。

（11）从照片中移去对象

从照片中移去某个对象的关键在于围绕它绘制一个选区。Photoshop 提供了几种工具来帮助你选择对象，具体使用哪一种工具，取决于对象的形状和颜色以及它周围图像的特征。但是，有些对象很难选择，即使是富有经验的设计人员也会感到棘手。

（12）使照片变亮或变暗

你可以使用"色阶"对话框使照片变亮或变暗。"色阶"对话框会显示一个称做直方图的图形，用以表示图像的色调范围。色调范围较窄的图像（如曝光不足或曝光过度的图像）的直方图曲线将很低很平；与此相反，暗度和亮度范围较大的图像的直方图曲线，将较深且变化较多。你可以使用直方图作为参照，调整图像的色调平衡。

（13）使用减淡工具或加深工具使照片中的区域变亮或变暗。

（14）使用颜色替换工具修复照片中的红眼。

（15）使用修复画笔工具修饰污点、划痕、皱褶和瑕疵。

（16）使用"亮度/对比度"命令增加照片的对比度。

（17）使用"亮度/对比度"命令可以增加照片的亮部和暗部之间的反差，从而使你可以看到更多的细节，并且通常会使照片更为逼真。

（18）使用"自动颜色"命令移去图像中的色偏。

有时候，好端端的照片会因照片上覆盖的一层不适当的颜色（称为色偏）而毁掉。色偏可能发生在制作照片过程的任何阶段，例如摄影、冲洗、放大或扫描图像。不管色偏是如何产生的，你都可以使用"自动颜色"命令快速校正颜色的不平衡。

在图像调整过程中，我们经常会遇到将图像调整成灰色调图像的情况，那么将RGB图像调整成灰度图像都有哪些方法呢？带着这个问题，我们把Photoshop中常用的，可以将RGB图像调整成灰度图像的方法列出来，供大家参考。

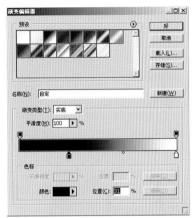

图1-5-5

2. 图像调整实例——彩色图像调整成灰色调图像

（1）各种调整方法及调整结果

方法一：用图像→调整→通道混合器命令，在通道混色器对话框中复选"灰度"选项，最好使用调整图层。（图1-5-2）

方法二：图像→模式→灰度命令（此方法少用，影调会有所损失）。

方法三：选择不同的通道后，删除其他通道。

方法四：图像→调整→去色命令。

方法五：将图像转换为Lab模式，并将a、b通道删除。

以上都是图像转灰度的一些主要方法，当然转换成灰度图像的方法有很多，在这里不细说了。

（2）图像调整为灰度以后的微调技巧

并不是所有的图像用以上的方法转换都能确保满意。下面再讲一些调整成灰度图像后，再对图像进行微调的一些方法。

通道混合器转换后，对图像的微调图像→调整→渐变映射命令，最好使用调整图层。（图1-5-4、图1-5-5）

方法就介绍到这里，喜欢用什么样的方法就用什么样的方法来调整图像，但图像调整最重要的一点请不要忘记，就是使图像看了让自己满意，这是最终的目的。

图1-5-6　通道混合器转换后为
对图像的微调（实例效果）

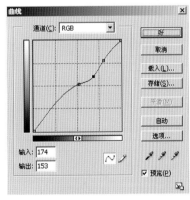

图1-5-7

3. 图像调整实例——黑白照片变彩色

用Photoshop处理旧照片可谓得心应手，其强大的功能足以使一张毫无生气的黑白照片变得色彩鲜明、熠熠生辉。下面我们以Photoshop CS中文版为例，介绍为黑白照片着色的具体操作步骤。

先做一下准备工作，将黑白照片的例子图片（图1-5-9）保存到您的电脑中。在下图中单击鼠标右键，从弹出菜单中选择命令"图片另存为"，将其保存到合适的位置。然后启动Photoshop，并打开该图片文件。

图1-5-8　数码黑白照片

图1-5-9　数码黑白照片

图1-5-10

图1-5-11

图1-5-12

（1）创建图层和蒙版

A．在图层面板中，使用鼠标左键将图层1拖放至图层面板下方的"创建新的图层"按钮上，这样会创建出图层1的一个副本。

B．在图层副本的名称上双击，将复制得到的图层副本重命名为"基础蒙版"。（图1-5-10）

C．单击图层面板下方的"添加图层蒙版"按钮，为"基础蒙版"图层创建一个蒙版（图1-5-11）。如果原来前景色和背景色是彩色，这时你会发现变为黑白色了。

现在的背景色应为黑色，按"Ctrl+Del"键将蒙版填充为黑色。最后的效果中，只有蒙版中是白色的部分可以显示出来，黑色的部分则被蒙版遮挡住。利用蒙版的优点就在于不破坏原图片中的像素，而且可以根据需要修改蒙版，以达到最完美的效果。

（2）为皮肤着色

A．将基础蒙版拖放到"创建新的图层"按钮上，创建一个副本，并重命名为"皮肤"。为了便于观察接下来的效果，单击图层面板右上角的向右箭头，从弹出菜单中选择"调板选项"，在"图层调板选项"对话框中选择最大的缩略图。（图1-5-12）

B．确认前景色为白色，选择工具箱中的"画笔"工具，在选项栏中设置合适的画笔大小，然后在图片中女孩的皮肤上涂画，同时观察蒙版的变化，直到得到（图1-5-13）所示的结果。画的时候不必完全吻合，因为即使有偏差，仍然可以根据实际情况调整，这就是使用蒙版的优点。使用画笔工具时，按"["或"]"键可以缩放画笔的大小。

C．单击图层面板中的图层（皮肤）选择菜单命令"图像"→"调整"→"色相/饱和度"（或者按组合键Ctrl+U），打开"色相/饱和度"，（图1-5-14）调整数值，将色相、饱和度、明度分别设置为+34、+47、0，并选中"着色"复选框，单击"好"按钮。这样，皮肤上就有了颜色。

D．下面作细微调整。使用"放大"工具局部放大皮肤部分，查看头发与帽子或其他位置的"接壤"处，如果这里的皮肤没有着色，则使用画笔再涂一下。如果颜色超出了皮肤的范围，则需要将前景色设置为黑色后，再在这些地方涂画。

（3）为头发着色

A．将基础蒙版拖放到"创建新的图层"按钮上，创建一个副本，并重命名为"头发"。现在我们用另一种方法在蒙版上将头发部分涂为白色。

B．选择工具箱中的"多边形套索"工具，然后沿头发的边缘创建选区。左边的选区创建完成后，将选区填充为白色，并按

Ctrl+D取消选择，再用同样的方法选取右边的头发，也将选区填充为白色，然后取消选区。

　　C．按Ctrl+U打开"色相/饱和度"对话框，将色相、饱和度、明度分别设置好，并选中"着色"复选框，单击"好"，头发也有了颜色。

　　（4）为帽子着色

　　A．用上述方法再复制一个图层，并为帽子着色。

　　B．帽子与皮肤的接界处需要细微调整，方法如前所述。

　　（5）为背景着色

　　为背景着色的方法依然同上，色相、饱和度、明度的数值分别为151、13、0。所有的部分都着色完毕后，可以适当调整每个图层的透明度。

　　（6）修改眼睛的颜色

　　最后可别忘了眼睛。用白色的画笔在皮肤图层中，将眼睛应该是白色的地方改为白色。

　　最终效果如图1-5-15所示。

图1-5-13

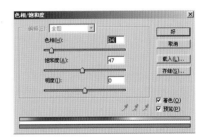

图1-5-14

4．重定图像大小

　　如果有图片要传到论坛上来，发现因为图太大，不能通过论坛上图的大小限制设置。

　　其实给图片减肥的软件非常非常多，大家最常用的Photoshop来进行处理。

　　（1）启动Photoshop，打开一张图片，选择菜单"图像"→"图像大小"；

　　（2）我们把那个尺寸改成600象素（这个尺寸最适合绝大部分论坛的图片发布），注意下面两个方框的选项；

　　（3）按确定后，图片变小了（你会在电脑中发现图片太小，其实是电脑显示的原因，看红圈的地方，电脑显示比例才33％而已）；

图1-5-15

　　（4）通过放大，你会发现图片其实并不小，在屏幕上观看正适合（看我圈红的地方，电脑显示比例100％）；

　　（5）为了保留原大图文件，我们需另存这个压缩减肥的图片；

　　（6）取一个与原图不一样的名字；

　　（7）把图像压缩品质调到 8 的位置（这个数字比较适合，损失不严重，而且压缩效果好）。

5．光照效果

　　在室内拍摄的照片，往往光线暗淡。如果在这样的照片中加上一些光照效果，结果会大不一样。

　　如图1-5-17，就是光线暗淡的一张照片，通过简单的调整修改后变成阳光普照的效果。

图1-5-16

想知道怎么实现的吗?其实很简单,在Photoshop中只需要几步就可以实现。

(1)处理过程

A．在Photoshop中打开图片,在图层面板中新建一个图层。选工具箱中的直线选取工具,在图片中勾选一个光照的范围。然后将选区填充为白色。

B．为使光照更自然,我们将填充的白色进行模糊处理,点菜单"滤镜→模糊→高斯模糊",在弹出的菜单中设置模糊大小为"10",然后点"确定"结束设置。

C．在图层面板中的模式效果下拉选项中选择"叠加"模式。现在你看图片是不是一下子就亮了许多,就像一缕阳光从窗户中照射进来了。在Photoshop图层面板中的模式下拉菜单中有很多模式设置,合理地使用这些模式,往往会有意想不到的效果。(图1-5-18)

(2)自动调节

由于拍摄技术上的原因,一般获得的照片或多或少都有色彩不足、光线暗淡、焦距曝光效果不好等缺点,所以在Photoshop中最好使用它的自动调节功能,简单地修改一下照片的效果。在"图像"菜单下选择"调整",然后选择其中的"自动色彩"、"自动对比度"、"自动色阶"来做简单的处理。

(3)手动修改

在"调整"功能下有许多针对色彩、饱和度、亮度等效果的专业选项,这些选项可以详细地设置照片的各种效果。不过"手动修改"中作者推荐大家使用"色阶"和"曲线"两项功能,它们是从整体上处理照片的效果而不使照片失真。

色阶,在色阶对话框中通道中选择"RGB"模式,然后可以调节下方的节点,来调整图像整体的亮度和对比度。

曲线,曲线和色阶效果一样可以改变照片的光线效果,当鼠标变为十字形向左上方移动则照片亮度增加,向右下方移动则照片的整体颜色变暗。

其他的图像调整功能,这里不为大家详细地介绍了。关于Photoshop简单的功能应用,网上已经有很多的教程,大家可以去查看教程了解它们各自的特点。

6. 数码摄影相片导出和管理

ACDSee方便的导出功能,多种图片管理方式和完善的图片处理功能,造就了最优秀的图片管理软件。

除了能非常方便地从你的相机中获取拍好的照片,它针对相片进行的显示、打印、快速查找等管理功能,更是好用又实在。

图1-5-17

图1-5-18

（1）获取相片

接好相机，点菜单栏"获取"按钮，再选"从相机或内存卡读取器……"选项，就能打开相片获取向导，来轻松导出相机里的照片。

（2）相片的常规浏览与显示

ACDSee是目前最流行的数字图像处理软件，它能广泛应用于图片的获取、管理、浏览、优化甚至和他人的分享。使用 ACDSee，你可以使用数码相机和扫描仪高效获取图片，并进行便捷的查找、组织和预览。

（3）ACDSee是最得心应手的图片编辑工具，轻松处理数码影像，拥有的功能有：去除红眼、剪切图像、锐化、浮雕特效、曝光调整、旋转、镜像等等，还能进行批量处理。

思考题：

　1. 结合拍摄实例，说一说数码摄影后期处理的指导原则。

　2. 结合拍摄实例，论述创意在商业摄影中的重要性。

　3. 结合拍摄实例，谈一谈如何才能更好地实现商业摄影的创意。

（三）商业摄影的难题——色彩管理

学习目标—理解色彩管理的根本
　　　　　熟悉不同色彩模式之间的转换
　　　　　色彩管理的标准与具体操作
工作任务—拍摄彩色数码照片，转换不同的色彩模式，扫描胶片
　　　　　转换成数字文件，并进行输出比较
参考书目—《中国商业摄影》，摄影之友工作室编辑，岭南美术出版社

1. 色彩管理的意义

一幅优秀的摄影作品可以有多种呈现和保存方式，无论是使用传统胶片还是数码照片，它们都可以冲印或打印成照片并能制作成相册，也可以批量印刷做成精美画册，刊登在杂志或用做其他商业用途等。在这些制作流程中如何保证作品色彩的一致性，最大程度地还原作品的本来面目，进而忠实表现摄影师的本意？

（1）色彩管理是使图像色彩在复制、再现和输出时始终保持不变，实现"图像色彩与设备无关"，实现"所见即所得"。我们无须质疑色彩管理的可行性，实践证明这是一种无法回避的技术。（图1-6-1）

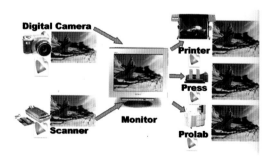

图1-6-1 色彩复制流程中的色彩管理

（2）在出版物中，一幅彩色图像通常需要经过一系列的数字化工作流程。这个工作流程始于扫描仪或数码相机捕捉图像，在显示屏上再现图像，由数字化打样设备打样，最后为实际印刷做好准备。在这个过程中一般不会发生什么问题，但有一点需要注意：色彩不会被轻易捕捉，更难以被精确控制。

（3）色彩不是一个简单的物理现象，而是一个受光线影响的复杂的视觉感受，包括受光照射表面的反射性质，以及影响每个人色彩感觉的心理因素。

（4）不同的设备再现色彩的方式也不同，甚至不能相同地记录和描述同一颜色。例如，扫描仪和显示屏，利用色彩空间，综合红、绿、蓝三原色再现各种色调；而另一方面，打样机和印刷机则综合CMYK色彩空间建立色彩。（图1-6-2至图1-6-4）一个典型的印前系统可包含一组来自不同制造商的不同设备，使色彩管理过程更复杂化。

当在工作流程中从一种色彩空间转换到另一种色彩空间，色彩管理问题将更严重。例如：扫描仪以RGB方式进行输入扫描，而以CMYK方式进行输出。这样的事情在印刷厂天天都在发生。

虽然，不同设备采用不同色彩空间有一定的覆盖区，但仍然难以完全匹配。即使是两台同样采用RGB色彩空间的设备，其得出来的结果也大不相同，纸张和其他承印物也影响色彩的再现。这些因素也都得在色彩管理中考虑进去。

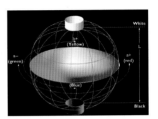

图1-6-2 LAB色域模型

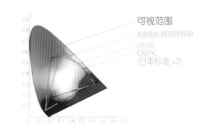

● 显示器的RGB 与印刷用的CMYK 色空间

图1-6-3
显示器的RGB与印刷用的CMYK的色彩空间

2. 色彩管理的任务

色彩管理的目的是补偿由输入输出设备引起的色彩失真，保证色彩数据以一种可以重复的方式进行转换，并符合专业要求，最终建立不因设备而异的色彩表现力。这主要是靠"设备色彩标定"办法来实现的。

3. 色彩管理的真相

当一个图像被扫描或用数码相机拍摄下来后，必须在显示屏上检视其结果。这里就是第一道关口，这两种设备均需经过标定并求出校正曲线以弥补其差异。标定输入设备，需要一个参照文件，通常用一块儿彩色幻灯片，含色块测试条，此测试条应和用于所有设备色彩描述文件的IT8标准一致。可用分光光度计测量原稿，当然也可利用已测好的色彩值文档来省略这一步。第二步，用分光光度计测量一个实际扫描图像，将结果和先前存储的参照数据作比较，建立一套差异数值。这就是由相应软件支持的Profile，可用来把扫描数据转换成不因设备而异的色彩空间，也用同样的方法来标定显示屏、打样机以及最后的输出设备。

印刷机引入不确定因素：

自然，最后的输出印刷品才是色彩管理的最后检验。已设计出标准的色彩控制条作为印刷机色彩定标，所以印刷品的色彩复制质量可以在印张上检验。但是由于胶印工艺本身固有的局限性和大量可变因素需要维持平衡，相当多的不稳定性加入到此过程中，而Profile仅能对一种设备在特定的数据设定下进行标定，因此保持印刷条件不变非常重要。油墨、墨斗设置，纸张甚至温湿度等均会影响印品质量。

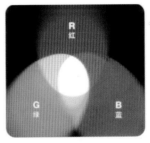

图1-6-4 显示器的RGB的色彩模式

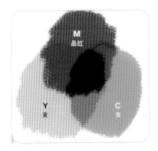

图1-6-5 印刷用的CMYK的色彩模式

图1-6-6　色彩管理设备

图1-6-7　建立一致的色彩标准平台

图1-6-8　屏幕校正仪

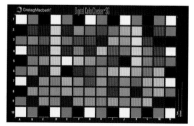

图1-6-9　数码相机SG色卡，拍摄标准色标来测定数码相机的色彩

4. 建立色彩管理标准平台

今天绝大部分的摄影师都在使用电脑，都在显示屏上观察颜色，都在凭自己的感觉调整图片的色彩。这一环节不是终端的成品，由此会随不同类型的设备而输出：打印、喷绘、印刷、激光照片等等，这会带来不可忽视的变化。更何况，你能确认你屏幕的色彩就是准确的吗？回答大部分都是不确定的。那么么办？要用仪器来测定，（图1-6-6至图1-6-9）要有量化指标。要建立互认的系统，即达成共识的色彩联盟，才能确保这一流程有一个畅通、稳定、一致的标准平台。

第一，现有的显示器主要分三种类型（CRT、PDP、LCD），我们现在常用的大多是CRT类型，红、绿、蓝三束光汇成为透射的所谓白光，其色谱、线性在不同的色阶明暗情况下，是否理想化与一致，就现在的技术发展水平上来说，还很难保证一致，电压波动（有稳压器）、电子管老化是必然的，三束离子光束强弱、衰减程度也不一致。因此用仪器测是必须的，而且要经常做测试。

第二，色彩管理中对光源的要求，操控电脑的环境，也是影响我们对色彩判断的要素。

朝北方向窗口进来的光色相对稳定，如果用普通的日光灯就会发现屏幕中的灰色系列偏红，如凭感觉调色，结果相反呈绿色。如果你再拿着已经输出打样的稿件，对着屏幕作比对修整，环境光也要用仪器来测一测。光照强度显色指数能达到多少，是否跟屏幕一致。室内用的日光灯最好是比三基色更好的照明，灯光的显色指数最基本的应该在94以上（这要考虑到人的视觉对每种颜色观察时间长了以后会适应，也可以说是迟钝，包括补色效应的影响。比如说白色在烛光的照明下，开始感觉是黄的，久而久之会感觉到是白色的。这就是所谓固有色的概念影响了色彩的正确判断）。

在形成色彩的三个条件：光源、物体与眼睛中，每一个都会由于某些原因影响我们辨色的能力。在色彩管理与色彩控制的过程中，我们经常需要通过目视比较与评价色彩，而且色彩管理的最终目的就是在影像传递、处理与加工的过程中，尽量达到与所见的色彩保持一致。因此创造一个能使我们稳定、正确地识别色彩的观察条件，就成为进行色彩管理的先决条件。

如果在大量严格的商业摄影中，已知产品最后展示与应用场合的照明情况，则应当尽量在相同的光源下观察与评价产品的色彩。

如果没有特殊的要求，数字摄影人应尽量使用色温为6500K，显色指数Ra大于85的光源观察与评价样片。涉及印刷的工作则可以考虑使用5000K的观察光源。工作室的墙壁应为灰色或白色，切忌使用非中性的涂料涂饰墙壁。应使用灰色的窗帘遮挡直接射入室内的自然光，校稿台、观片台、显示器不应置于窗前，以减少室外不断变化的自然光的干扰。 建议采用45°照明垂直观察或垂直照明45°观察的方法（图1-6-10），以便消除来自光源的直接反射光对观察的干扰。 观察样本时应以灰色为衬底，以免背景色（包括黑色与白色）干扰判读的结果。 光源在样本上的照度应达到1000勒克斯或更高，并尽量保持均匀的照明。如果没有照度计，可以用相机对灰板测光，在ISO100感光度下EV8.5（例如光圈在f/4～f/5.6之间，1/15秒）的照度水平即近似为1000勒克斯。

图1-6-10 分光光度计

第三，屏幕加帽檐，遮掉一部分自上而下的环境光，尽可能避免你对色彩明度、纯度、对比度的错觉，调色时用吸管检查数据，建立量化的色彩概念与习惯。

图1-6-11 分光光度计

可见光谱中所有色彩的结合会形成白光（白光可通过棱镜分拆成三种原色光，红光、绿光、蓝光三原色光的相加形成白色光。称为"加色法"的三原色）。当白光中抽掉某一种原色光时，另外二种会形成另一色彩：红光和蓝光会形成洋红（品），绿光和蓝光则形成青色，而红光与绿光会形成黄色。黄品青也可称之谓间色，色光相加与颜色相加恰恰相反。因此在使用屏幕观察或调整颜色时，必须注意到这一特点。

第四，很重要的一关是要认识光与色的区别，色域空间是怎么一回事，RGB、三原色色光与红黄蓝三原色颜色又有哪些本质上的不同，在显示屏中用于进行比较，体会色光与颜色的区别，从中悟出道理。

图1-6-12 标准色温箱工作示意图

数码相机、显示器、打印机会使用不用的方式和不同的呈色物质表现色彩。CRT显像管显示器通过调节红（R）、绿（G）、蓝（B）三色电子束的强度使屏幕上的荧光粉发光，产生不同强弱的光信号组成图像。在图像打印或印刷过程中采用青（C）、品红（M）、黄（Y）、黑（K）四色墨的颜料粒子、染料粒子、蜡或色粉粒子，通过以上呈色物质对光的选择性反射和吸收来表现图像的信息。使用的呈色物质类型、照片或纸张材料不同，图片被观察的照明光源色温以及周围的环境条件等，都会影响色彩再现效果。

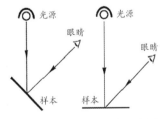

图1-6-13 观察与照明方向的两种典型配置方式

思考题：

1. 论述色彩管理的意义。
2. 比较加色系统RGB与减色系统CMYK的不同特点。
3. 论述商业摄影如何操作才能正确还原色彩。

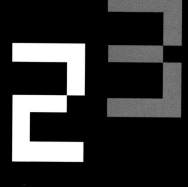

商业摄影与实训

人像摄影
商业人像摄影的特点与发展趋势
人像摄影技术要素和艺术要素
影室人像摄影布光技巧示范
人像摄影不同影调的拍摄技巧
标准人像证件照与团体照拍摄要点

建筑摄影
光影变化中美的瞬间——建筑摄影的拍摄意义
光影变化中美的瞬间——建筑摄影的拍摄要求
光影变化中美的瞬间——建筑摄影的拍摄器材与技巧

产品摄影
平面书画作品的拍摄技巧与要求
立体产品照的拍摄要求与准备
产品表面结构、形态、颜色和质感的表现
典型质感分类及布光的要求

第二章　商业摄影与实训

一、人像摄影

参考书目—《美国纽约摄影学院摄影教材》*NEW YORK INSTITUTE OF PHOTOGRAPHY*，美国纽约摄影学院，中国摄影出版社

《摄影师职业资格培训教程》，中国摄影出版社

（一）商业人像摄影的特点与发展趋势

1. 商业人像摄影的特点

商业摄影与创作摄影的最大区别在于，前者是拍顾客喜欢的东西，要重视顾客的要求；后者则是拍摄影师拍自己想拍的东西，可以很超脱。

人像摄影中，摄影师的重要性已不是那么绝对了，化妆师、形象设计在其中扮演了越来越重要的角色。如何在这片领域中融会其他专业的知识和技巧，驾驭整个拍摄的过程，当好总导演，拍出不但有美感，还更加有深度、有人性的作品，已成为摆在我们每个人像摄影师面前的一个重要课题。

商业人像摄影是一门掩饰女性缺陷的综合服务行业，化妆师、摄影师想方设法地将顾客向大众审美的标准靠拢。脸蛋是鹅蛋形的，鼻梁带点儿阴影而显得比较挺，眼睛大而明亮，嘴儿不大不小略带性感，睫毛长而匀称，体形曲线分明，胖瘦适中，皮肤白而光洁，特别不能出眼袋。以上数点若能做足九成，影楼的回头客多矣。

拍顾客时用光要规范些，一切以把顾客拍美为前提，但拍模特儿的用光可随意大胆些，有时你可以关闭副灯，只用一盏主灯左右移动地看效果，对于一张近乎完美的脸来说，任何光线都是适合的。

图2-1-1 影室人像摄影，课堂示范/徐飞

图2-1-2 影室人像摄影，课堂示范/徐飞

图2-1-3 人像摄影示范/徐飞

图2-1-4 外光人像摄影，课堂示范/徐飞

2. 商业人像摄影的发展趋势

商业人像摄影终于进入了百花齐放的阶段，拍摄场所和背景由初期室内的单色背景纸，经历了从梦幻背景、乡村背景、复古背景，到冲出室内，去公园、别墅、古巷、残墙断垛、火车道……直至当今流行的都市风情般的现场拍摄，即到街道上、商场里、酒吧、美容院、健身房等环境内，均是一种现代女性的感觉。女性头部在照片中的比例，也由充满画面的大头像或特写，演变为如今与背景相融合的以全身或半身像为主的环境肖像。女人们亦由当初的只想美一美，像个大明星，进步到了想表达点情调的境界了，这一切意味着中国的商业人像摄影的外部环境在进步——需求不同了。女性已经不一味地只追求靓丽，她们有更高的追求，她们希望作品不但美，还要有深度，有品位，要贴近生活，却又要高于生活，这对每一个摄影师来说无疑都是极大的挑战。摄影师必须是高素质的创意者，拍摄女性时，不但拍出她们的美，还要想法展示她们的内心世界和她们的个性。而唯有个性，才是人像摄影中最高深的境界。当美与个性融合时，魅力开始散发，成功的作品便开始产生了。

作为一名职业人像摄影师，首要任务便是如何将女人拍美，当这一点做到后，便应向自己提出更高的要求，拍出女人的魅力。这需要内部和外部条件的配合，首先要有个能让女性发挥魅力的场所，最好是她不感到陌生的空间，只有当她放松了，投入了，内心世界才容易揭示，才能调动女人去展示她的魅力。其次要能捕捉得住她美的瞬间，这依赖摄影师扎实的基本功和敬业精神。最后需要能表现她个性的光线，即现场光配人工补光。值得一提的是现场光在这当中起了很重要的作用，首先是绝对的真实感，其次是与闪灯相比较会有异样的情调，再者是摄影可自由地调节、控制与发挥光和影的作用，最后是要求女性很容易进入角色，不受闪灯的干扰。人工补光的目的与在影楼里使用时的目的一样，是为了被摄女性更漂亮，但黑影的成分可予以增加，因为黑影可增强照片魅力感的力度。当然，在这一切的基础上,如再能配以梦幻般的音乐调节气氛则更好了。

（二）人像摄影技术要素和艺术要素

1. 技术要素

人像摄影使用不同的附件时，用两个、三个和四个影室闪光灯可以达到些什么样的效果？

摄影包括两个要素：技术要素和艺术要素。因为摄影是一门科学，使拍摄过程标准化，就可以达到一致的效果。但一个正确的曝光却能拍出更好的照片。

与人类的眼睛不一样，胶卷不能同时感受范围这么宽的光线。在人像摄影中，你应以获得较明显较突出的光线为目的，且不要遗忘任何的细节，同时，影子方面也要保留尽可能多的细节。要做到这一点，就必须很好地把握每次拍摄之间的差异范围。

可以尝试用3：1的光线比率。在一般情况下，只要主光源和辅助光源有一挡的差异就能做到这一点，这就使主光源比辅助光源明亮两倍。而需要突出的区域就能接收到来自主光源和辅助光源的光线，这样感受光较多的部分就接收了3倍的光线，而阴影部分就由于3：1的比率只接收到1倍的光线。

另一个讲究技术的方面就是对焦。当然，准确的对焦是需要多次的练习的。通常我们把焦点放在所要摄影的人的眼睛上，这样你就不会犯太大的错误。

好的灯光是很重要的，没有了灯光，摄影便无法进行，而正确地摆放射灯来营造一个自然的视觉效果也是很重要的。照相机并不像人那样有两只眼睛，能感受三维的物体，它是靠灯光所营造出的效果来表现出物体的大小及立体感。在为人像摄影布置灯光时，要尽量使照片有立体感，太多的闪光会导致物体显得扁平，没有立体感。一旦你把摄影这门科学当成了你的第二天性，你便能很自在地把注意力集中到摄影对象上，你所建立的这种特殊的关系会表现在最终所设计的造型中。

2. 艺术要素

（1）惟妙惟肖

摄影术的出现使得人像再现的"相像"问题变得轻而易举，当代人像摄影的发展又似乎脱离了这一发展方向，尤其是流行的当代商业人像越来越不像本人，而离惟妙惟肖的距离也显得更为遥远。这里的惟妙惟肖当然不仅仅是简单的"相像"，而是在赏心悦目基础上的神形兼备。

这一境界的人像摄影作品，一般具有以下主要特征：

A．摄影本体语言和非摄影本体语言的正确运用

摄影本体语言的运用不以是否赏心悦目为唯一依据，而以能否表现人物的神态特征为主要依据，用光自然考究，曝光准确，体现正常肤色及质感。化妆、道具不过分张扬和哗众取宠。化妆的目的不是掩盖什么，而是要进行衬托，道具只是修饰而不是表现什么。

B．精妙的神态捕捉和眼神塑造

神态的捕捉是摄影师永恒的主题，也是一幅人像摄影作品能否做到惟妙惟肖的关键。通过光线运用来表现人物的眼神，是这一境界人像作品的关键。

图2-1-5 影室人像摄影，课堂示范/徐飞

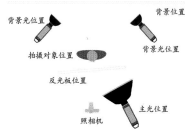

图2-1-6 光位图，徐飞绘制

图2-1-7 学生作品/刘国炯

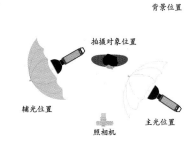

图2-1-8 光位图，徐飞绘制

图2-1-9 影室人像摄影 课堂示范/徐飞

（2）个性飞扬

人像摄影中个性的张扬可以分为两个方面，一是张扬被摄人物的个性，二是张扬摄影者的个性。从被摄影者的角度出发，拍摄人像的目的无非是留念、欣赏及展现自己的个性魅力。从这一点上说，摄影师就是要帮助被摄者展现自己的个性魅力。而从摄影者的角度出发，他作为一个艺术作品的创作者，要通过摄影手段，借助于模特儿的表现能力来表现自己的摄影创意，体现自己的摄影风格乃至通过摄影语言来诉说自己对生活的理解。

这一境界的人像摄影作品通常具有以下特征：

A．独特的摄影本体语言，用光是摄影最独特的本体语言

B．独特而简练的戏剧性情节

C．展现对人和自然关系的独特理解

D．强烈的视觉冲击

无论是匠心独具的光影、别出心裁的构图，还是创新大胆的镜头运用，其目的都是产生强烈的视觉效果。

张扬被摄人物的个性，就是使拍摄出来的人像摄影作品要与众不同，富于戏剧性。而摄影者个性的张扬，要通过自己个性化的摄影本体语言来展现自己对摄影的理解、对被摄人物的理解、对人像摄影的理解，甚至对生活的理解，所以从某种意义上说，摄影作品就是摄影者无声的自白。

（3）诠释生命

伟大的人像摄影作品之所以伟大，是因为它刻画了人物的灵魂，讴歌了生命的伟大，记录了一个时代的精神风貌，记录了人类社会的大悲大喜。

从人的个体来看，伟大的人像摄影作品深刻地记录了人物的内心世界，或是悲伤或是喜悦，或是思索或是呐喊。也正是因为它呈现了人物的内心世界，所以这样的摄影作品才给人以心灵的震撼。同时它讴歌了生命的可贵与伟大。面对这样的作品，每一个观众都将为拥有生命而自豪。

从人类社会的总体来看，伟大的人像摄影作品记录了一个时代人们的精神风貌，记录了人类社会的大悲大喜。伟大的人像摄影作品的意义已经完全超出了普通肖像的意义，它是社会的象征，是时代的象征，是历史的象征。从这一意义上说，人像摄影的意义远不止被摄者的留念和摄影者的个性张扬。

伟大的人像摄影通常具备以下特征：

A．强烈的情感冲击

B．反映了生命存在的价值，讴歌了生命的伟大

C．反映了人类社会的大喜大悲

D．反映了被摄人物特殊的人格魅力

E．摄影本体语言的淡化

（三）影室人像摄影布光技巧示范

1. 影室高调人像摄影布光

（1）两个影室闪光灯灯头打背景光使背景呈白色，分别置于模特儿头部的两侧，高度齐于模特儿头部的两侧。

（2）将光照功率调至背景曝光超过正常值一至二级光圈，拍摄时确保胶片上不显现背景中不必要出现的细部。注意不要让背景光散射到模特儿的头部上。

（3）一个作为主光的影室闪光灯灯头直接放在相机位置上方，它的光通过一个6cm×6cm灯头直接放在便携式柔光箱反射出来。

（4）在被摄对象的下巴下方，放置一块大的白色反光板，反光板的反射光可以消除阴影。（图2-1-7）

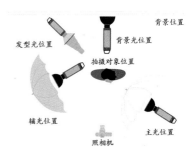

图2-1-10 光位图，徐飞绘制

2. 影室女性人像摄影布光

这是一种简单的人像拍摄布光方法（图2-1-9），采用标准的布光原则：

（1）主光是影室闪光灯灯头，配以超白反光伞，安放在与被摄对象呈45°角的地方，并适当抬高。

（2）辅助光是影室闪光灯灯头，安置在相机右侧的位置，拍摄时通过一把半透明伞透射出散射光线。

（3）辅助光通过一个过滤层照到被摄对象，同时主光透过两个过滤层，再通过超白反光伞反射出强光射向被摄对象，要使主光和辅助光采光比例为3∶1。

（4）使用闪光测光表取得曝光综合指数，以使脸部感光适度，而不至于造成反差过度。

图2-1-11 影室人像摄影，课堂示范/徐飞

3. 在拍摄这张女士像时，我们增加了一个闪光灯头，对背景补光，使模特儿同背景分隔开来。这种布光方法对改进图像质量起到了良好的作用（图2-1-11）

（1）在影室闪光灯灯头上，装上反光伞和32°的蜂巢状结构的网罩，放在模特儿后面的灯架上。

（2）这套光源装置，以一个光晕圈的光射向背景，这个光晕圈再反射到模特儿的头后面。

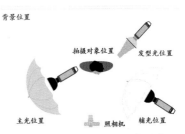

图2-1-12 光位图，徐飞绘制

4. 照射背景的另一种方法是利用第三个光源装置的光，投射到被摄者头发上，称之为"头发光"。在拍这幅人像时，就使用了这种布光方法（图2-1-13）

（1）在此种情况下，在一个影室闪光灯灯头装上聚光罩，放置在模特右后上方，光线射向模特儿的头发。

图2-1-13 影室人像摄影，课堂示范/徐飞

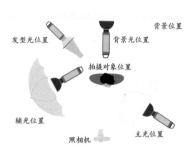

图2-1-14 光位图，徐飞绘制

图2-1-15 影室人像摄影，课堂示范/徐飞

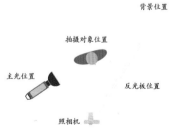

图2-1-16 光位图，徐飞绘制

图2-1-17 影室人像摄影，课堂示范/徐飞

（2）照射头发的另一光源应放置在主光的同一边，以获得自然光的效果。

（3）通过反射光使模特儿的头发获得均匀的辅助光，原则是辅助光的光量，一定要低于主光（"头发光"为主光），如主光的通光量为f/5.6，则辅助光的通光量为f/8~f/11。

5. 要拍出一张具有立体感的人像照片，就要善于使用头发光和背景光（图2-1-15）

（1）用影室闪光灯灯头，装上反光伞和32°蜂巢网罩打出背景光，能很好地表现色彩，并有助于在背景上衬托拍摄对象。

（2）装有聚光罩的另一个影室闪光灯灯头，应放在能以强光突出被摄对象的发型特点的角度。

（3）两个照射脸部的光源装置是影室闪光灯。主光的灯头装有一把直径为85cm的白伞，辅助光则是通过一把直径为85厘米的半透明伞反射出去。

（4）这种布光方法也使用于拍摄其他各种人像。

6. 影室男性人像摄影布光

一张男性人像照片佳作应能显示出被摄对象的特征，因此，拍摄成高反差的照片，通常是最合适的。（图2-1-17）

（1）选用光束小的光源。它的光线较强并且集中，可以表现出皮肤的质感。这种光源刻画男性性格特征比光量较大的光源效果好，光束小的光线虽强，但很柔和。光量较大的光源在拍摄女性人像时也是可取的，因为它光线漫散射，照射面大。

（2）用一个简单的灯具照明装置，安上配有标准反光罩的影室闪光灯灯头，灯罩前装上一片柔光镜。

（3）如果使用十分硬的光源，就应审慎地将其布置在适当的位置，采用合适的造型光可以使鼻子的影子落在面颊和上唇范围之内。这种用光技巧也非常适合于拍摄戴眼镜的男子，它可以避免反射光。

（4）将一块反光板放在被摄对象的一边，就能使一缕光线照亮男士一侧的耳朵。

7. 影室晕圈摄影布光

这种布光方法使人像照片生动活泼，因此特别适用于女性人像摄影。（图2-1-19）

（1）拍摄时将晕圈光光源放在模特儿身后，并略微低于她，光源对着相机。这种光可以将模特儿同背景隔离开。

（2）在影室闪光灯灯头上安装反光伞和一个32°的蜂巢网罩。要注意摆好光源装置，从取景框里应该看不到它们。唯一可见的光是通过头发反射出来的。

（3）将测光表放在模特头发位置，冲着光源读取曝光数据。要记住，拍深色头发人像的曝光需要比金色头发人像的曝光多。

8. 影室双人像摄影布光

在拍摄两个人以上的照片时，要把光源置于离被摄对象远一些的位置，采用光量大一些、光线较柔的光源（图2-1-21）。

（1）将100cm×100cm柔光箱安在影室闪光灯灯头上，放在靠近相机稍高的位置，将光线照射在被摄对象的中心部位，确保光线均匀。

（2）第二个影室闪光灯灯头上装一把半透明伞，它投射出来的光线可以消除阴影。

（3）第三个光源是影室闪光灯灯头，装上一个反光镜和32°蜂巢网罩，放在被摄对象背后的上方。

（4）第四个光源是在影室闪光灯灯头上装一个聚光罩，用来打背景光。

9. 影室儿童摄影布光

因为孩子好动，给孩子拍摄时布光的最佳方法是从左右两侧布光，而不是采取用主光加辅助光的布光格局。（图2-1-23）

（1）这幅照片（图2-1-23）是使用两个影室闪光灯灯头，再装上半透明伞来布光拍摄的。

（2）这种两处光源的布光方法，使光能照到孩子们活动范围较大的区域，这样，曝光量就不需要再随着孩子的移动而调整了。

（3）通过半透明伞将漫散光照到背景，就没有必要再使用额外的背景光源。

半透明伞投射光线的优点是反差柔和，适合拍摄儿童照片。

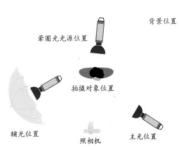

图2-1-18 光位图，徐飞绘制

图2-1-19 影室人像摄影，课堂示范/徐飞

图2-1-20 光位图，徐飞绘制

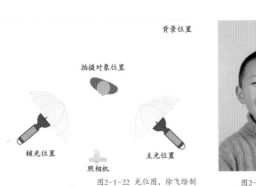

图2-1-22 光位图，徐飞绘制

图2-1-23 拍摄：张力

图2-1-21 影室人像摄影，课堂示范/徐飞

（四）人像摄影不同影调的拍摄技巧

学习目标——认识和熟悉影调

明确影调在人像摄影中的作用

找出影响影调的因素

拍出具有一定水准的不同影调的照片

获得相关知识

工作任务——使用传统胶片相机或数码单反相机，拍摄高调与低调照片各一组，并完成相应的输出。高调的特点：愉悦明快、淡雅轻松向上。它比较适合少女、儿童或某种工作生活环境下的人物外貌形象。低调的特点：肃穆稳重、低沉有力。它比较适合老人、青年小伙或皮肤质感强烈、性格刚毅的人物表现，塑造人物特定环境气氛时也可使用

1. 关于人像摄影的影调

（1）影调的概念

影调就是指光线照射下的不同亮度的景物，经过拍摄、冲洗、印放，在照片上以黑、白、灰等密度形式反映原景物的亮度。（图2-1-24）

图2-1-24 影调的变化

（2）影调的变化

影调的变化是随着光线的变化，照片上的影调结构随之变化。在室内人像摄影中，影调的变化是随人工光的调节而不断变化的。常用的主灯、中间灯、阳辅灯、发灯、背灯等，只要改变它们的高度、角度、强弱、远近等，哪怕只移动其中一支灯，人物面部或身体所产生的投影就会有不同，它们会在照片上以强弱反差、质感、层次感、立体性等形式呈现出影调的重要性。在底片上是以密度的形式反映此种亮暗关系。例如，在底片上最黑的地方（俗称高光部位），我们称它为密度最高，取得的照片易获得高光影调；在底片上最浅的地方（俗称暗光部位），我们称它为密度最低，取得的照片可获得暗调效果。无论底片上的密度高与低，都应显现出细微的层次，这是讲究影调与否的关键。如果在同一底片上，既有密度高的部位，也有密度低的部位，同时存在不同深浅的灰色影调，那么就由下面的不同密度组合确立它所形成的影调。

一张底片：大面积是高密度，少量为低密度，层次细腻但不明显，整底偏厚（即黑），易形成高调照片。（图2-1-25）

大面积是低密度，少量为高密度，层次较丰富，但暗部位

图2-1-25 高密度

层次不明显，整底偏薄（即白灰），易形成低调照片。（图2-1-26）

　　整底密度均等，且中性类（即不同的灰色调）占大面积，层次最为丰富且明显，立体感强烈，整底薄厚均等，易形成中间调。（图2-1-27）

　　此外，根据整底的不同密度和反差的构成，还可获得软调、硬调、明调、暗调等照片。

　　在表现最高密度与最低密度的同时，首先应强调中性灰的形成。表现人物层次最为丰富，最富于变化，最能表达人物直观形象，同时又是构成整底基础的即是中性灰。我们应当充分认识这一区域变化的重要性，不断变换光的位置，获取从深灰到浅灰的一系列变化。

　　影调的变化又是以适应不同人物、不同拍摄内容为前提。在诸多成功的人像摄影作品中，利用影调的变化，增强画面效果的很多。正是由于影调的形成和变化给黑白摄影带来了无穷的变化。因此说，影调是表现画面形式的基础，它是塑造物体形状体积和质感的最重要环节。拍摄黑白人像照片一定要讲究影调，正确运用影调。

图2-1-26 低密度

图2-1-27 密度均等

　　（3）影调在人像摄影中的作用

　　A．影调可以表现空间感

　　B．通过明暗间距增加空间感。光线照射到人物形象或物体时，便产生了明暗关系，即形成了影调透视。暗影部分使人感觉沉重、深远；明亮部分使人感觉轻飘、亲近。一亮一暗，使人产生了距离感，这种距离愈大，空间的感觉愈大。

　　C．通过角度、距离变化和光线变化增加空间感。实际拍摄时，我们感觉到，人物或物体的侧面形态往往比正面形态更加富有立体感。同样，俯仰拍摄又比平面拍摄富于立体效果，近距离拍摄往往比远距离拍摄人物或物体的立体感强。同时借助于光线的照射和其产生的投影构成黑白灰不同影调关系，有助于空间感的增强。

　　D．通过光线的不同效果增加空间感。光线的变化能产生强弱对比，给人一种近与远、大与小的对比感觉。同样，各种光线效果也会使人产生不同强弱对比。如平面光效果不如侧面光效果立体性强；小光比不如大光比立体效果明显；平面背景不如渐变式有投影的背景立体效果大等等。往往在影调照片中表现为：高调照片其空间感不如中间调或低调照片强烈，软调照片不如硬调照片那样，给人以强烈的视觉感。

　　E．影调可以表现人物质感。质感一般解释为物体的表面结构。不同质地的材料其表面结构成分不同，产生的质感不同。人物的质感体现在人物的肌肤感上。不同人物皮肤颜色的深浅,不同年龄人物的肌肉光滑与松弛,不同的生活习性,不同的工作生活环境和爱好等,都可使人物皮肤感各有所异。在表现质感时,可利用影调变化进行调整。如表现少女、老人、军人或某种环境人物时,以及表现中间调低调效果时,由于多采用侧逆光拍摄,因而人物肌肤感就强,给人一种粗犷、凹凸不平、肌肤纹路明显和严肃之感。所以在拍摄时,要因人而异,使用不同光线效果,表现不同人物质感。

F.影调可以均衡画面,影调可以改变画面结构主体。如拍摄时将人物明亮部位安排在暗影处,有明有暗,形成对比,突出人物;反之,人物暗部放在明亮的背景上产生的效果也是同样的。高调往往利用人物形象的轮廓线及面部光线的细致变化突出主体;低调照片则使用明亮轮廓线装饰主体。无论何种影调,其目的都是通过影调对比改变画面结构,突出人物形象。

G.影调可以协助构图。如利用人物的投影保持画面平衡;利用物体或道具的投影进行画面装饰;利用一束光或不规则光投射到背景上进行构图等。但利用影调进行构图一定要根据画面的主体需要、气氛的感受来安排。同时各种投影安排要恰当,线条要美观,有深有浅,才会使画面有活力,引人入胜。

H.影调能够渲染气氛。画面中的气氛与表达人物形象密切相关,气氛能够烘托主体,使人们能够通过画面的气氛,清楚主体所处的环境。摄影师还能够利用影调表现出来的明暗强弱、夸张缩小、刚柔动静等气氛,体现个人的创作思想和意识,从而达到画面艺术效果和鼓舞人心的目的。如拍摄老人吸烟的姿态时,常常会降低背景的亮度,以突出烟雾缭绕的效果,同时又用侧光照射烟雾,使明暗的气氛更加突出。其他还如:利用部分"吃光"产生光晕;利用光影产生太阳、明月效果;利用人物投影画面构图;利用暗背景表现人物剪影形象……这些都是影调形成画面气氛的例子。

(4)影响影调的因素

A.被摄者的光线条件对影调的影响。同的光线照射给被摄者造成不同的影调配置(即画面中最高密度到最低密度之间的过渡、反差,各种光效等),光线强与弱及其角度的变化是影响画面影调的决定性因素。例如,在顺光下拍摄人物,人物面部及主要部位处于明亮的照射之下,光效使画面平淡,暗影少,明暗对比不大,起伏感小,容易形成高的影调。当然,同是顺光,光线强则阴影重,光线弱则阴影轻。无论光线强与弱,都应取决于当时现场的拍摄及其材料的特性和冲洗条件。再如,侧光拍摄时,人物面部及主要部位亮度与暗部亮度形成一定的反差比例时,这种光效容易形成中间调或暗调。又如,一般情况下,被摄人物光线变化,其背景亮度也随之变化。拍摄照片时，光比加大，亮度面积加大，背景亮度随之提高，才能够形成高影调，反之则不行。以上两种影调，如果改变条件，则难于取得预想影调效果。所以说，光线条件是影响影调的重要因素。

　　B. 曝光对影调的影响。正常的曝光是指底片经曝光、冲洗形成的密度能够如实反映原物体的亮度差。尽管不同的胶卷都有其不同的宽容度，能在一定程度上容纳不同亮度并反映细部层次。但在拍摄时，如果曝光掌握不准，定会影响到影调效果。如曝光过度，人物亮部密度大，亮部层次丢失；反之曝光不足，密度过小，暗部层次也会丢失。例如：人物面部暗光位亮度设定为1，亮部位为2或3乃至更高，曝光依据1进行，则2或3更容易过度;如果曝光依据1+2+3或+更高，然后取得一个平均曝光值时，由于胶片宽容度的特征，则可将这暗大部分容纳进去，层次易表现，影调效果较好。因此说，要使底片的密度与原设计的光比相吻合及正确反映原亮度差，就要在曝光时仔细测定，如调整曝光组合，以求得到一个正确曝光值。

　　C. 感光材料的性能对影调的影响。常用的感光材料较多，一般使用全色胶片（卷）拍摄人物。它们的性能主要表现在：感光度、宽容度、感色性、反差系数、颗粒性等方面。一般讲，高感光度的胶片（如ISO200以上），其宽容度大，但颗粒较粗；反之，低感光度胶片，宽容度较小，但颗粒细腻。中感光度胶片（如ISO100）其宽容度、颗粒度及反差等方面比较适中，对影调的影响不甚大。这些特性，是我们讲究影调时应注意的条件。例如：拍摄小反差皮肤细腻感时，可用中感光度胶片；拍摄弱反差，表现皮肤粗糙感时，可用高感光度胶片等。在拍摄不同影调照片时，可选择不同性能的感光胶片，以求得理想的影调结果。

　　D. 不同显影液配方对影调的影响。各种不同显影液的配方其酸碱值不同，产生的作用也不一样。目前常用的显影液配方主要有三种：硬性、中性、软性。使用这些显影液配方冲洗底片时，酸碱值高的显影液冲的底片其感光度就高，反差也大；酸碱值低的显影液冲出的底片其感光度就低，反差也小；当酸碱值适中时，会得到密度和反差适中的胶片。除不同显影液配方对影调产生影响外，显影液温度高则得到的影像深厚，反差强，影纹粗糙，易产生灰雾；温度低时，影像平淡，反差弱。一般冲洗温度控制在18°C~ 20°C时，能够有着正常的还原能力。

　　从以上的变化中我们看到，只有在掌握不同显影液配方的冲洗效果和严格控制温度、时间 、搅动等，才能正确表达拍摄者所要表达的实际对比。

E．相纸型号对影调的影响。印相纸和放大纸有软硬之分，它们用一、二、三、四号来表示相纸的不同软硬。一号为软性相纸，二号为中性相纸，三、四号为硬性和特硬性相纸。不同密度反差的底片（俗称软、硬底片）对应不同软硬相纸。如果用错相纸，印放出来的照片非软即硬，层次损失，影调不协调。当然，有的摄影师为创作上的需要，利用不同软硬相纸制作出特殊效果的照片是可以的。一般讲，中性二号相纸适合反差密度适中的照片，其影调层次丰富。

F．不同影调的表现技法。在影调形成时，人们为追求具有艺术美的画面效果，又充分利用背景环境、人物性格、服装等提出了画面基调概念。即一幅画面中，黑白灰某一比例大于其他比例形成总的影调时，称这一效果为基调。这种基调的形成是与多种因素结合在一起的（如环境、人物特征、服饰等）。历经多年的实践，人们总结出了不同调子的拍摄规律，如高调、低调、中间调、硬调、软调等等。

（5）高调

高调的概念：指一幅画面中，由灰、浅灰、白三种色调组成的影调所占比例大，深灰、黑色调组成的影调所占比例小，称为高调。

高调的特点：愉悦明快、淡雅轻松向上。它比较适合少女、儿童或某种工作生活环境下的人物外貌形象。

（6）低调

A．低调的概念：指一幅画面中，由浅灰、中灰、深灰、黑几种调子组成的影调所占比例大，白、浅灰所占比例小，称为低调。

B．低调的特点：肃穆稳重、低沉有力。它比较适合老人、青年小伙或皮肤质感强烈、性格刚毅的人物表现，在塑造人物特定环境气氛时也可使用。

2．高调照片的拍摄方法

（1）背景

色彩要浅，无明显投影。可用白布、白墙或淡灰色当背景。但应注意，为避免背景产生投影，可使用一只或两只背景灯均匀照射，其亮度应与人物面部亮度作比较。如果背景亮度低于脸部亮度，则不易形成高调效果。一般讲，背景亮度应略高于脸部亮度，使用测光表测光，背景亮度在f/8光圈时，则脸部亮度控制在f/5.6～f/8之间即可。以环境做背景时，也应以浅色为主，不应有大块暗色出现，其亮度也应略高于人物面部亮度。

图2-1-28 学生作品/刘国炯

图2-1-29 课堂示范/徐飞

图2-1-30 课堂示范/徐飞

（2）服饰

适合选用浅色服饰或色块不突出的物品，即宜浅不宜深。一般讲，浅色服饰能够形成高调效果。如果拍摄高调照片选较深色服饰，一是强调服装线条性，要优美；二是距离拍摄，如女性全身照，由于距离关系物体在总面积上仍处于劣势，因此仍在大面积以白色为主，是表现人物形态，也可形成高调。还应注意人物头上或手、脖等处饰品的使用，如使用不当，过深、过浅都极易造成人物头部或身体某一局部图像丢失或缺一块而破坏总体形象。要求饰品的形状、大小、颜色要运用适当、协调。

（3）光线

高调照片的拍摄，一般以顺光为主，反差小，级差变化不明显，人物纹理细腻，投影不多（图2-1-31）。顺光的特点是照度面积大，投影小，但光质较硬（通过调整可以改变），照度高或近距离，会使人物受光部位非常明亮，相对其产生的投影非常生硬，如人物鼻影、下巴、衣褶、手臂处等。亮度略低或距离稍远投影就略弱（当然曝光也随之调整）。一是无论亮暗，视其现场拍摄需要和人物特征来决定。二是调整灯光角度投影出现，如果画面投影过多，画面就会显得杂乱。拍摄时灯位不宜过高，灯具左右角度不宜过大。人物正面拍摄时，灯位左右（在照相机旁）约为20°，人物侧面时，根据面向，一支灯为顺方向（照相机位置），另一支灯可在45°左右调整。三是注意人物的姿势，拍摄时，人物姿势尽可能简练、自然大方，因为复杂的动作往往带来一些不必要的投影。如单手或双手支托面部则易形成暗影。因此在布光时就要想办法减弱它，如换一下姿势，找准灯光角度等。总之，对拍摄高调的光线基本要求是顺光为宜，减少投影，画面简洁。

（4）曝光

拍摄高调照片时，其曝光略过为宜。一是在大面积浅色之中，在暗部位（如头发）仍需表现一定层次，增加曝光，容易满足它的需要。二是适当增加曝光，使底片密度略大。放大制作高调照片时容易表现白色，不过增加曝光要适当，不可过大。一般情况下，可增大一档光圈左右，也可调整快门速度（拍儿童时注意控制）。

（5）后期制作

高调照片的印放有别于其他影调制作要求。一般讲，高调照片制作时宜浅不宜深，软硬适中。因为白、浅灰等是画面上表达形象的主要影调，如果深灰过多则失去了高调味道。有时在印制过程中，适当对照片边缘部位加以遮挡，使周围略浅或虚，看起来更有韵味。

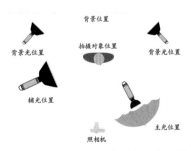

图2-1-31 高调布光图，徐飞绘制

3. 高调照片的标题、落款、笔绘

中国绘画讲究题款，题即题跋，款即落款。而将这种标题落款引入高调照片中，能使照片增加一定的艺术美感。这是因为高调照片将标题落款以书写形式写在照片之上，既与照片紧密相关，突出了主题思想，又形成了一定形式的美感。但要注意：一是标题要恰当、明了，不能文不对题；二是书写位置要得当，不可随意为之；三是宜用书写体；四是笔体大小要合适。另外，印章也是题款的一部分，一般为红色，它钤在题款年月姓名之后，由于消色照片有了点暖色而使画面活跃。笔绘也是为增加高调照片形式美感而常使用的手法。有的作者为取得画面白描之感，常用毛笔或炭素笔对照片进行描绘，有时为加深这种效果，笔绘时故意露出笔痕，在人物的不同部位上（如眼睛、眉毛、鬓角等处）淡淡修整，形成绘画效果。不过这种笔绘要依据照片内容进行，不一定每幅都用此法。笔绘时，应有轻有重、时隐时现，不能一味用笔直描。

4. 低调照片的拍摄方法

（1）背景

色彩要暗，可用深灰色或黑色做背景。在拍摄时，人物距背景应略远一些，不可过近，否则光线易投射到背景上，造成背景偏浅，影响效果。必要时，需要遮挡。有的时候，在暗或黑背景上使用局部装饰光以增强画面气氛，但应注意光影造型和亮度，也可使用过渡光。

（2）服饰

拍低调照片，人物服饰宜深不宜浅，深则突出人物面部亮光，浅则喧宾夺主，使人物视觉受阻。特殊情况允许穿浅色服饰但仍要以远距离为宜，使浅色服饰从面积上弱于暗色画面。如果制作时做适当局部淡化处理更好。在使用饰品、饰物时，也应注意不要使用大块刺目的浅色物品，否则会在大面积暗影之中，破坏低调效果。

（3）光线

低调照片拍摄时一般以侧光、侧逆光为主，反差相对其他影调略大，各个级差变化明显。一般情况下，主光照射面积不宜过大，因为在低调照片中，主光部分恰恰是画面中最富有表现力的地方，也是人们的视觉中心，它以小面积的亮度衬托大面积的暗部，最能表达人物的性格和特征。使用侧光时，主灯确定之后，中间灯应起到调节主光灯与阴辅灯之间衔接的作用，调节反差，使之层次有好的表现。调整人物眼神光也使用此灯，阴辅灯常常通过距离、边缘光等途径调整人物面部反差。一般拍摄时，还常常使用逆光装饰人物头发、肩部等处。但应注意装饰光的强弱，根据画面需要进行确

图2-1-32 课堂示范/徐飞

定，还要防止照相机镜头"吃光"。使用逆光时，应使人物面部光线略弱，装饰光略强，逆光效果才会明显。一般讲，低调照片光线越少，其调子就越低。光线安排应简洁、朴实，灯具不一定多，甚至有时单支灯拍摄，也能取得好效果（图2-1-36）。

（4）曝光

低调摄影曝光相对高调讲应略少一些，有时使人感觉低调曝光略欠。低调照片光比较大，有人习惯以亮度为曝光依据，确定组合。如亮部在光圈f/11（室内人工光条件下）快门速度设定为1/10秒时，此时以亮度为准依次排光，则暗部的层次在最黑的地方不易表现出来（当然，摄影创作时不一定按照常规进行）。还有人习惯以综合亮度为准测光后，确定一个曝光组合。如亮部在光圈f/11，快门速度为1/10时，再测暗部，假如暗部为f/4.5时，则平均曝光设定为f/8。即在胶片宽容度之内，最亮与最暗部层次不受影响。当照片表现人物亮部线条而不考虑暗部层次时，曝光可依据亮部位确定。

（5）后期工作

低调照片的印放应掌握一个基本原则，即亮中有亮，暗中见层次，宜深不宜浅。亮中有亮，即在人物主光位上存有亮光。暗中见层次即人物暗部位有细微影纹。宜深不宜浅，是由于低调照片大面积为深灰和黑，而浅灰、白占很少面积，因而亮影调会明显，一旦印放偏浅，会严重影响低调照片效果。但宜深也要有一个尺度，不可曝光过度。

图2-1-33 学生作品/吴晓华

图2-1-34 学生作品/黄政金

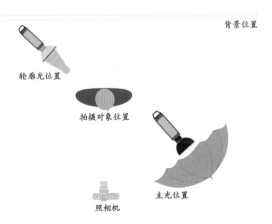

背景位置

轮廓光位置

拍摄对象位置

主光位置

照相机

图2-1-36 低调布光图，徐飞绘制

图2-1-35 学生作品/王贤治

图2-1-37 学生作品/谢昭芬

图2-1-38 学生作品/谢昭芬

5. 中间调人像照的拍摄

（1）**中间调的概念**：指一幅画面中，以灰调为主，由深灰到浅灰的丰富影调，在画面中占绝对优势而组成的调子，称为中间调。（图2-1-37、图2-1-38）

（2）**中间调的特点**：反差适中，层次丰富，色阶均衡。不同年龄、不同性别的人物都可适合此种影调，它可充分地表现被摄对象的立体感、质感和空间感，是最常见的一种影调。

6. 中间调照片的拍摄方法

（1）**背景**

常使用中灰色或渐变式，一般无投影（特殊创作除外）。中灰色背景可适合人物服饰的不同色彩。运用中应注意，服装颜色深时，背景应深一些；服装颜色浅时，背景也应相对浅一些。渐变式背景效果比较好，即在灰色背景上打一支背景光，形成一定弧度，由肩部往上渐渐变深，其效果较之平面背景好，具有空间感和立体效果。但在背景光使用时应松散一些，弧形不要过于集中。除此之外，市场上还有现成的渐变式背景可供挑选使用。在背景处理上，还可利用一定的背景环境，如树影、室内道具、窗影等，利用环境做中间调背景效果也是比较好的。但是应注意，要躲开有大块暗影部位，否则会消弱中间调效果。

（2）**服饰**

中间调的人物服饰也同样比较灵活。深灰、浅灰，不同色彩的服饰反映在黑白照片中的各级消色都可使用，但仍需要与背景的亮暗结合起来使用。服色深背景暗，反之背景亮一些。

（3）**光线**

中间调的布光灵活。可根据被摄对象的特点灵活布光，光线效果既可以是15°左右的顺光；也可以是45°的三角光；也可以是90°左右的侧光，或是平光加逆光等。光比一般掌握在

1∶1.5～1∶3之间。利用闪光灯拍摄中间调，其布光一般也可依据人工光的方法。但在拍摄前应使用测光表进行测试，因为它不像人工光那样一目了然。

（4）曝光

中间调的曝光一般依据被摄者面部亮度准确曝光，平光加逆光的曝光应略增加一些。

（5）后期制作

在制作中间调照片时，应依据画面而定，密度反差适中的底片一般选用中性相纸制作，基本要求是层次丰富，软硬适中。

人像摄影的影调表现除上述高调、低调、中调外，还可划分硬调、软调以及明调、暗调等，它们划分的依据主要是以背景、服饰光线、反差及画面效果等因素考虑的，但又有所侧重。

A. 硬调

一幅画面中，亮部与暗部级差较大，中间过度急剧、层次较少，称为硬调。它的特点是光线对比强烈，性格突出，它比较适合刻画性格刚毅及某种特殊环境下的人物形象。

B. 软调

一幅画面中，高光与阴光反差比较小，整个画面中间层次较多，最大亮块与最大暗影少，但又不同于高中低调，称为软调。它的特点是光线柔和、舒畅。它比较适于妇女、儿童的拍摄。

硬调和软调主要以人物面部反差大小确定，它们贯穿在不同影调之中，所以在不同影调中，又据此形成硬高调、硬低调；软高调、软低调等形式。

在影调表现形式中，还有两种习惯说法，即明调和暗调。

明调是指介于中间调和高调之间的一种影调，给人一种明快、活泼之感。但又与高调、中间调的概念有所不同。

暗调是指介于中间调与低调之间的一种影调，给人一种低沉庄重之感。但又与中间调和低调的概念有所不同，而在用光上相似。

明调和暗调与其他影调的主要区别在背景和服饰上。明调的背景浅，但服饰较深，缺少高调韵味，因此归于明调一类。而暗调则由于背景有明有暗，服饰有深有浅，整体效果不是低调，因此归于暗调一类。

上述影调的确定和形成，在实际运用中，不应过分追求其表现形式，而应根据人物的性格和外貌特征进行确定。任何影调只要能够较好地表达人物形象，突出人物性格特点，都称其为好作品。

不论何种影调，其冲洗配方一般选用D－76，其颗粒细腻，影调柔和。还可根据使用胶片性能适当进行调整，并严格按照冲洗操作程序进行。

实训作业：

1. 拍摄高调照片一组

练习要求：画面中由灰、浅灰、白三种色调组成的影调所占比例大，深灰、黑色调组成的影调所占比例小，称为高调。高调的特点：愉悦明快、淡雅轻松向上。它比较适合少女、儿童或某种工作生活环境下的人物外貌形象。

2. 拍摄低调照片一组

练习要求：画面中，由浅灰、中灰、深灰、黑几种调子组成的影调所占比例大，白、浅灰所占比例小，称为低调。低调的特点：肃穆稳重、低沉有力。它比较适合老人、青年小伙或皮肤质感强烈、性格刚毅的人物表现，在塑造人物特定环境气氛时也可使用。

注：一组6张照片

图2-1-39 摄影实训室/徐飞　　　　　图2-1-40 学生在拍摄高调人像/徐飞

图2-1-41 学生在拍摄低调人像/徐飞　　　图2-1-42 实训课程高调拍摄示范/徐飞

图2-1-43
实训课程低调拍摄示范/徐飞

图2-1-44
实训课程低调拍摄示范/徐飞

7. 外光人像拍摄技巧

（1）使用工具

座机、中幅照相机、135相机、测光表。

（2）操作步骤

A. 避开正午的阳光

正午的阳光过于刺目，而且从一个很高的角度直射下来，无法拍出令人满意的照片。因为这样的阳光会让你所拍摄的人眯起眼睛，或是使眼睛藏在了阴影里。为了解决这两个问题，你可以在早上或下午拍照。在这两个时段，太阳在天空中的位置较低，阳光比较柔和，照射的角度也比较适于拍摄。

B. 离墙远一些

当你在室内使用内置闪光灯时，应使人物尽量离墙远一些，以避开阴影。内置闪光灯并不能带来最好的灯光效果，但它使用起来很方便，而且不会在人物的脸上造成奇怪的阴影。提示：为减轻画面出现红眼的程度，可以使用相机的防红眼功能。

图2-1-45 学生作品/李锐敏

C. 变换构图方式

多数人们认为人像摄影就是固定的头部特写，但是实际上人像摄影是对人物整体的描述。试着通过调整焦距及人物与相机之间的距离来变换一下构图方式。记住，最自然的人物身体各部分比例，应该是在4米—5米以外拍出的。如果你使用广角镜拍摄人物头像，你就应该离人物近一些，将头部拍得大一些来突出面部的特点；相反的，如果你用长镜头在一个很远的距离之外拍摄，人物的面部特点将会被缩小很多。

D. 在户外拍摄集体照

为了使集体照中每一个人身上分布的光线均等，唯一的办法就是在户外进行拍摄。因为在户外，天空中柔和的光源能为每一个人带来效果不错的光线。（图2-1-45）

E. 使用一些道具

挑选一件合适的道具，可以增添画面的情趣。但要注意的是，不要让道具占据画面的主要篇幅，避免喧宾夺主。

F. 让画面描述一个故事

拍摄带有故事情节的一个瞬间，能使你的照片看起来有趣些。首先想出一个好的创意，然后找一个恰当的地点，利用几件道具，你就可以拍出具有故事情节的照片了。

G. 拍摄情景照片

另一种增加画面情趣的方法是拍摄情景照片。将主角置于某一特定环境中，能够让我们看到更多的东西，而不仅仅是主角的容貌。（图2-1-46、图2-1-47）

图2-1-46 学生作品/李锐敏

图2-1-47 学生作品/吴伟建

H．使用反光板

反光板是一种手动工具，你可以通过它来为暗处的部分增加光线，或者让不规则的光线沿你希望的方向照射。

当你安放反光板的时候一定要小心观察，因为反光板带来的效果是非常灵敏的。你可以购买照相专用的反光板（能够折叠的，一面银色、一面白色的那种用处最多），也可以自己动手制作一个（将海报板的一面粘上铝箔）。另外，反光板在拍摄特写镜头时，还可以用做挡风板。

I．利用阴影的优点

照片上出现很明显的阴影不一定是一件坏事，你可以巧妙地使用它们来为画面增添艺术效果。

J．检查一下拍摄背景

在拍摄中最常见的错误或许就是没有注意拍摄背景。你过于注意要拍摄的人物，而忽视了树木从人物的头顶长了出来、领子皱皱巴巴等问题。

因此在你要拍摄前，花一些时间来观察一下是否有这类问题存在。如果背景有分散人们注意力的地方，不妨换一个地点或角度。如果你没法变换角度，那么就打开镜头光圈，使背景置于焦距之外。通常来说，最好还是换一个角度。

8．如何拍摄特定环境人像

"特定环境人像"是人像摄影的种类之一，它是在被摄者本人生活或工作的特定环境中拍摄的，而不是一般环境中拍摄的人像。这种特定环境的主人是被摄者本人，并非你我。而且，它有特定的含义，能表述特定的内容。比如，这种人像可以表明被摄者的身份、职业、爱好，或者直接表现他所从事的工作。（图2-1-46）

特定环境人像，可以在室内拍摄，也可以在室外拍摄；可以利用日光拍摄，也可以用灯光拍摄；甚至日光和灯光一起使用。但是，特定环境人像画面中所展示的环境，必须与被摄者有内在的联系。这类人像除去要表现被摄者的外貌、神态，说明他"是什么样子"之外，还要适当地展示他所处的典型环境，甚至正在从事的活动，表现出一定的情节，说明他"在什么地方"，甚至"在做什么"。普通的人物摄影（非指人像摄影）虽然也表现一定的生活情节，但是，它与特定环境人像不同。前者着重反映人物的活动与情节，并非侧重表现被摄者的相貌与神态；后者则要求鲜明地刻画被摄者的相貌及神态，着重表现人物形象。

许多特定环境人像是在被摄者的工作场所拍摄的，多半表现他们在做什么。这是一种很有效，很容易获得成功的拍摄方法。当被

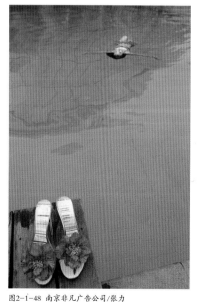

图2-1-48　南京非凡广告公司/张力

摄者从事他自己习惯性的活动时，心情比较平和放松，神态、动作容易显得自然，有利于拍摄。这种照片能强化被摄者的职业特征，突出作品的内涵。为使画面构图更有表现力，摄影师也可对现场环境加以适当地选择或调整，不过，这种选择与调整，不可违背生活本质的真实。　特定环境人像的拍摄，除去要注意拍摄场所与背景的选择外，也可利用某些小道具，将它纳入画面，帮助构图，活跃气氛。

　　特定环境人像归属人像摄影范畴，应遵循人像作品的基本要求——形神兼备。由于它在被摄者生活现场而非专门的摄影室内拍摄，要求摄影师善于利用拍摄现场的"现有光"，并能熟练地掌握它。用现有光拍摄特定环境人像，最突出的优点是能保留与主人公密切相关的环境本身的光线和色彩气氛，强化真实的感受，增添画面的艺术表现力，也能避免人工照明布光的痕迹，并使拍摄易于进行。当然，如果拍摄现场的现有光不够理想，也要辅以必要的人工照明。

图2-1-49 南京非凡广告公司/张力

图2-1-50 南京非凡广告公司/张力

图2-1-51 南京非凡广告公司/张力

图2-1-52 学生作品/陈智文

图2-1-53 摄影课堂/徐飞

图2-1-54 阳朔西街/徐飞

图2-1-55 学生作品/李锐敏

图2-1-56 等待模特儿/徐飞

（五）标准人像证件照与团体照拍摄要点

学习目标—掌握证件照的用光要领

　　　　　能够依据不同的脸型合理布置灯位

　　　　　能够拍摄出符合证件管理部门要求的证件照片

工作任务—掌握在摄影室内用闪光灯拍摄证件照的要领，能够拍
摄出符合证件管理部门要求的证件照片

1. 影室证件照拍摄用光要领

（1）使用工具

　　135数码单反机，135胶卷单反机，影室闪光灯4支，柔光箱3
支，反光罩1支，反光板，连闪线1条，闪光触发器，背景纸。

（2）操作程序

　　A．将闪光指数最大的一支灯配上柔光箱作为主光灯，将闪光
指数最小的一只灯配上反光罩作为背景灯，另外两只灯配上柔光
箱，分别作为阳面光辅助灯和阴面光灯，将连闪线插在阳面光辅助
灯的插口内，另一端与照相机接触好。

　　B．待被摄入人物坐定后，仔细观察其脸形，确定使用光线的
类型。

　　C．如果人物较瘦，欲拍丰满些，应该使用顺光位，即将主光
灯贴近阳面光辅助灯，放置于临近镜头主轴延长线的位置处。灯位
的高度应当低一些，大约与人眼睛的高度持平。

　　D．如果人物较为丰满，欲拍得清秀些，应该使用侧光位，一
般是将主光灯放在人物左侧，灯位要高出人的眼部，成40°左右的
位置。

　　E．如果人的脸形比较标准，可以采用前侧光位（三角光）。
在商业人像摄影的证件照业务中，三角光的运用是最多的，但是三
角光的光位并不是一成不变的，特别要注意被摄入人物鼻子的高
低，鼻高者应将主光灯的水平角度调小些，鼻矮者反之。基本原则
以灯光在被摄者阴面颧骨上投影光斑的大小为准，一般应使鼻子的
投影与鼻唇沟衔接起来为佳。

　　F．合理调整光比是用光的重要环节。光比即阳面光部分与阴
面光部分的亮度差别。调整光比一是靠使用不同功率的闪光灯，
二是靠调节闪光灯上的输出数值，三是靠调整灯与被摄者之间的
距离。

　　G．布置背景灯。背景灯对人物面部的光线造型不起作用，但
对整幅照片的影调却有较大影响，同样深浅的一幅背景用强光照明

则会变浅，用弱光照明则会变深。为此，如果被摄者面部肤色较黑就应适当将背景光减暗一些，反之则应该增亮。

（3）注意事项

A．安装闪光灯的柔光箱或反光罩时要非常小心，一定不能碰撞闪光管，该管是闪光灯的关键部件而且十分娇脆。

B．闪光灯架的三角支撑腿是可以调节的，分叉过大，会减少摄影室的有效活动空间；分叉太小，又会使闪光灯缺少稳定性，应把分叉调整到恰当的开合程度。

C．遇到被摄人物是配戴眼镜者且反光强烈时，应关闭阳面光辅助灯，并将主光灯和阴辅灯提高灯位，使眼镜反光避开眼睛。为了引发闪光，需将连闪线改插到主光灯上。

D．装有柔光箱的闪光灯虽然发光柔和，但是灯箱的中心部分仍然强于边缘，因此，无论灯位如何变化，光心部分永远应该对准被摄者的脸部，否则可能出现次要部位明亮而脸部灰暗的不协调现象。

（4）相关知识

A．前侧光又称三角光，是一种最常用的光效，主要原因是比较符合常规下人们的视觉习惯，在自然界中太阳是高于人的头部的，而且人们总是习惯于面向阳光。除此之外，三角光对于描述人物还有一个其他光效不能达到的作用，它能将人物面部的70%照亮，因而会使瘦人显得胖一些。又由于人物面部会有30%的背光区域，它又会使胖人显得瘦一些。所以有些摄影师贪图省事，将三角光作为万能光来使用。国外摄影书中所称伦布朗光其实就是三角光，此种称谓是由于大画家伦布朗常使模特儿处在这种光线下作画而得名。（图2-1-57）

背景位置

拍摄对象位置

主光位置

照相机

图2-1-57 三角光布光图例/徐飞绘制

B．点状光源的照度与被摄体的距离呈平方反比定律，闪光灯也适用于该定律，但影室闪光灯因其巨大的柔光箱发光面积大，虽然照度随着距离的改变而变化，却不能依据该定律来计算照度的变化。

C．闪光灯上的造型灯光是为了摄影师调整被摄体的照度参考用的，它与闪光管是两套不同的发光系统。由于两种发光体都有随着使用时间延长而减低发光强度的问题，所以在实际布光过程中除去直观造型灯的光线效果之外，最好是用测光表测量出具体度数来确定所使用的光圈系数。

2．影室灯光证件照的拍摄

（1）使用工具

135单反式手动照相机、闪光灯、70mm～210mm变焦镜头、快门线、背景纸、反光板、三脚架等。

（2）操作程序

A．架好三脚架，调整好高度，将云台的翻板调成纵向，并将照相机牢固地安装在三脚架的云台上，快门线拧在快门按钮处。

B．请被摄人物端坐在距离闪光灯1m的凳子上，面部朝向照相机，从镜头位置应该能同时看到被摄者的两只耳朵。

C．打开闪光灯电源，根据人物的脸形特征调整好灯位和亮度。

D．把照相机调整到距被摄者2m左右的位置处，将镜头的光轴对准被摄者的脸部。

图2-1-58　入射式闪光灯测光图例

E．用入射式闪光灯测光表在贴近被摄者脸部的位置（图2-1-58），测光窗对着照相机镜头方向测光，依据测光表的读数或凭经验调整好镜头上的光圈值。由于在影室用闪光灯拍照，快门速度已失去控制曝光量的意义，一般是将快门速度设置在低于闪光同步速度以下一挡的位置。

图2-1-59　标准照

F．在照相机的取景窗内观察取景范围、影像大小，靠云台的旋转和俯仰调整取景范围，靠调整变焦镜头的焦距改变影像的大小，靠调整镜头上调焦环改善影像的清晰程度。

G．引导被摄者的视线，启发其表情，当发现最佳表情时，立刻按动快门线完成拍摄。

（3）注意事项

A．拍摄证件照是项很细致的工作，首先必须注意观察被摄人物的头发和衣服是否整齐，如果发现问题要及时提醒被摄者纠正。

B．有些证件照对背景的色彩有特殊的要求，例如护照相片要求蓝背景，驾驶证相片要求白背景，拍摄前一定要询问清楚。

C．并不是所有的证件照都要求拍摄人物的正面，有些证件照

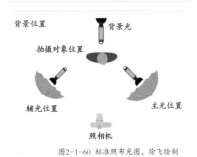

图2-1-60　标准照布光图，徐飞绘制

（例如某些国家的移民照）是需要拍摄侧面或半侧面的，一定不能搞错。

D．被摄者的视线应投向照相机方向，但不要直接盯住镜头，摄影师可用手势放在距离镜头20cm左右的位置引导被摄者的视线。

（4）相关知识

A．135底片的片幅为24mm×36mm，公安部门规定，身份证照片要求片幅是22mm×32mm（不含白边），其中人物脸部的宽度（左耳边缘至右耳边缘）是18mm，人物脸部的长度（头顶至下颚）是26mm。由于有些人的脸部或发型关系，在实际工作中一般是以脸部的宽度为标准。由于绝大部分的135单镜头反光式照相机的取景器视野小于底片的拍摄范围，所以在取景器中构图时应把这种误差考虑进去，否则将会发生看到的影像大而拍出的影像小的问题。

B．出国护照相的规格要求很严格，旧版护照相的规格是32mm×48mm，新版护照相的规格是33mm×48mm（均不包括白边）。公安机关出入境管理部门还规定：新版护照的照片必须是直边正面免冠彩色本人单人半身证件照，光面相纸，背景颜色淡蓝色。人像要清晰，层次丰富，神态自然。公职人员不着制式服装，儿童不系红领巾，头部宽度21mm～24mm，头部长度28mm～33mm。据了解，不符合上述要求的一次性快照、翻拍的照片或彩色打印机打印照片，在申请护照时，公安机关出入境管理部门将不予受理。

3．室外自然光证件照拍摄

（1）学习目标

A．掌握在室外自然光条件下拍摄证件照的要领

B．避免不符合证件管理部门要求的照片产生

C．能够顺利地完成不带闪光灯进行外出拍摄证件照的任务

（2）操作步骤

A．使用工具

135单镜头反光式手动照相机（带TTL内置测光系统），70mm～200mm变焦镜头、快门线、三脚架、背景布、遮光布、中性灰板等。

B．操作程序

a．首先选择光线条件，室外自然光拍摄证件照最理想的光线条件是薄云遮日，因为太阳直射光的光质太硬，造成的光影也比较大，薄云遮日（俗称假阴天）就如同加了一个柔光伞，使光线变得柔和。

b．如果是阴天可以选择任意的开阔地，而晴天应选择有较大面积的阴影处，如将楼房或高墙的背后作为拍摄场地。

　　c．平整地将背景布悬挂好，距背景1m位置处放置一个无靠背的座位，在座位正上方2m高度横拉一幅遮光布。

　　d．在距座位2m处架好三脚架，调整好云台并牢固地安装好照相机。

　　e．选择一位身着中性灰色衣服，面部肤色正常的被摄影人物端坐在座位上，将镜头对准其构图和调焦，启动照相机的测光系统并按其数据调整好光圈和快门。

图2-1-61　中性灰板测光图例

　　f．正式拍照时并不需要每个人都测光（图2-1-61），只要是光线条件不变，都可以采用同样的曝光组合。但是，必须依据人物的高矮适当调节三脚架的高度，依据人物头部的大小适当调整焦距的设置。

　　g．照相机部分的操作完成以后，摄影师的眼睛要离开取景器，直接观察被摄者的动态，启发人物的表情，伺机快速地按动快门线完成拍摄。

（3）注意事项

　　A．室外拍摄与影室照相的最大区别就在于是否使用日光照明，它受制于自然条件，因此要时刻注意天气的变化。

　　B．选择拍摄场地时一定要挑选光线均匀之处，应避开树荫、水塘前等一切有花影或反光的地方。

　　C．背景布颜色的深浅在影室摄影中并不很重要，因为有背景灯可以调节其亮度。但在自然光摄影时，光线达到人物和达到背景的亮度是一样的，无法调节，所以，必须认真选择颜色深浅适当的背景布。

　　D．被摄人物头顶上方的遮光布是为了遮挡顶光照度，如果不遮挡，有可能把头发照得过亮，甚至在人物的头顶产生一个强烈的反光环。遮光布一般是用较厚一些的白布，规格为2m²左右。

　　E．使用照相机上的测光系统时，注意正确设定胶卷的感光度数值，如果设定错误，测光的结果也将是不正确的。

（4）相关知识

　　A．日光在一天的各时间段不但照度都不同，色温也是不一样的，早晨和傍晚色温最低，中午时刻色温最高。天气的变化对色温也有影响，晴天的色温低，阴天的色温较高，雨天的色温最高，晴天的日子里阳光直射的地方色温低，阴影的地方色温高。对于拍黑白胶片来说色温并不重要，如果拍彩色片，色温便是影响色彩还原的重要因素之一。

　　B．线条透视关系中最基础的原理就是近大远小，人物在观察他人时就会相隔一段距离，这就形成一定的视觉习惯，证件照片的透视关系应该符合人物的这种习惯，拍摄时如果是物距过近就会产生口鼻过大、耳朵过小的变形现象；如果物距太远，又会显得脸部扁平，一般以保持2m左右的物距最恰当。

C．表情是人物心情的外在表现，应该说有什么样的心情就有什么样的表情，不能强求人们无论在怎样的心情下都作出微笑的表情，假笑、强笑、皮笑肉不笑的表现都是不美的，每一个被拍摄者坐在镜头前都会有一定的压力，特别是对于很少照相的普通人更会有一种紧张感，在尚未消除这种紧张心理之前企图，让其作出微笑的表现是徒劳的。况且，一味地追求笑也不一定能够把照片拍好，证件照片中人物的神态应以自然、大方、端庄为宜。

实训作业：

1．拍摄新版护照照片两张（男女各一张）

练习要求：新版护照的照片必须是：直边正面免冠彩色本人单人半身证件照，光面相纸，背景颜色为淡蓝色。人像要清晰，层次丰富、神态自然。公职人员不着制式服装，儿童不系红领巾，新版护照的规格是33mm x 48mm（均不包括白边）。头部宽度21mm ～24mm，头部长度28mm～33mm。

2．拍摄身份证照片两张（男女各一张）

练习要求：公安部门规定，身份证照片要求片幅是22mm x 32mm（不含白边），其中人物脸部的宽度（左耳边缘至右耳边缘）是18mm，人物脸部的长度（头顶至下颚）是26mm。由于有些人的脸部或发型关系，在实际工作中一般是以脸部的宽度为标准。

4．团体照拍摄

（1）学习目标

掌握拍摄团体照的技能。

（2）使用工具

中幅照相机、大型照相机、135相机、水平仪、测光表。

（3）操作步骤

A．根据被摄合影排面长度和场地面积，决定使用何种照相机、何种焦距段镜头及拍摄底片的规格。

B．在距被摄体相应距离处放置好三脚架，稳固地安装好照相机，用水平仪调整好照相机原水平位置。该水平仪应是双向的，既要调整前后，又要调整左右。

C．仔细地进行调焦，调焦中心要对准第二排人物，特别是要保证左右两侧的边缘部分要同等清晰，必要时可使用放大镜作为调焦的辅助工具。

D．如果是使用转机拍摄，要设定好旋转角度并进行试转，观察其拍摄范围和被摄人物处的地平线是否水平。

E．使用入射式测光表到被摄人物处测量光值。如果是使用人工光源照明，要多点采样测光，一般的测光点不能少于5处，各点的测光值最大误差不能超过0.5EV值（半挡光圈）。

F．根据测光数值决定光圈和快门速度的曝光组合。由于合影照需要较大的景深和很高的清晰度，应在快门速度允许的情况下，尽可能使用该只镜头的最佳分辨力的那一挡光圈。

G．操纵相机各个机关和控制部分，使其达到曝光的准备状态。

H．对已经排列好的被摄者再作一次审视，纠正某些不良姿态后，指定给被摄者一个共同的视线。提醒被摄者不要眨眼睛，而后在适当的时机按动快门，进行曝光。

I．曝光结束后，提醒被摄者有秩序地退场，特别是要提醒站在高处的被摄者依次下阶梯，防止一哄而散，避免事故发生。

（4）注意事项

室内拍摄大型团体照，需要很强的光线照明，许多照相馆都是使用多支碘钨灯做光源。供电设备的功率一定要足够大，否则将会发生危险。特别要注意电源电压不可用错，最好是请该场地的电工师傅进行功率的审核及驳接线路。

大型团体照要由两位以上的摄影师共同协作完成，分工要明确，责任要具体，做到忙而不乱，配合默契。

在拍摄大型团体合影时，无论有多大的把握，也必须拍摄副底以防不测，并且，尽可能地使用两台照相机拍摄。所拍底片不要同时冲洗，待第一个底片冲完后再冲第二个底片，以保证无论在哪个环节上出现差错都有补救的可能性。

图2-1-62 团体照/徐飞

用数码单反机拍摄，文件尺寸设置最高像数，设置RAW格式，白平衡设置自动模式，使用中焦镜头拍摄取50mm焦距，成像效果好。

（5）相关知识

A．中幅相机

中幅相机是指使用120或220胶卷的相机，有些品牌的中幅相机可以与数码后背系统配备使用，如：哈苏503CW机身、CFE80镜头、CFV数码后背（1600万）高档相机系统配备尖端数码摄影科技，完美地与哈苏503CW机身结合起来。同时着眼于新一代专业数码摄影潮流创新出的数码摄影流程，能轻易及完美地与现存的哈苏相机一体化连结起来，容许摄影师以完全相同的摄影方式，以自己喜爱的器材来拍摄，但拥有数码摄影的优势。

拍摄大型团体照时，底片的最小画幅不要低于6cm×7cm，如果能用6cm×8cm、6cm×9cm、6cm×12cm或6cm×17cm的，效果会更好些。这类相机使用起来非常轻便，自动化程度也较高。相对于大型相机来说，这种相机的不足之处是画幅较小，镜头无法移轴，且后背也无法进行俯仰和摇摆的调整，有时会感到不便。

B．大型照相机

大型照相机又称技术型相机或机背取景式相机，是拍摄单幅页片的。传统的大型相机是木质制品，规格有6英寸、8英寸、10英寸和12英寸等数种，照相馆行业的人称之为外拍机。过去的黑白合影照片多为这种照相机所为。随着彩色合影照的普及，木质照相机的精度不足问题逐渐凸显，其使命逐步为金属质相机所替代。现在，最常用的金属质相机多为4英寸×5英寸，这种相机不但精度高，还配有带镜间快门的优质镜头，镜头及后背也可以分别向多方向移动。如果配最新的数码后背可以让你的大画幅相机顷刻间变成一台顶尖的数码相机。从拍摄一般大型合影的角度来看，它是很理想的一种相机。

实训作业：

1. 外光人像照片的拍摄照片一组

练习要求：让画面描述一个故事，拍摄带有故事情节的一个瞬间，能使你的照片看起来有趣些。首先想出一个好的创意，然后找一个恰当的地点，利用几件道具，拍出具有故事情节的照片。

2. 拍摄团体照两张

练习要求：30人以上，室内室外各一张。

注：一组6张照片

二、建筑摄影

学习目标—掌握建筑摄影的拍摄技艺

拍摄的图片能用做广告宣传

工作任务—拍摄一组优秀的建筑（或建筑群）画册照片。色彩还原准确、层次丰富、反差合适，符合印刷要求。并完成相应的输出

在拍摄都市建筑时，还应特别注意避开与主题无关的邻近建筑、电线、广告牌等物的干扰，寻找能充分表现建筑特色的拍摄点，以获得满意的构图效果。有时为了突出主题，取景构图时也可故意摄入其他建筑作为陪衬，但一定要注意主题建筑与其他建筑的透视关系，不能喧宾夺主

在拍摄建筑群时，高视点取景能较好地表现建筑群的空间层次感

参考书目—《中国商业摄影》，摄影之友工作室编辑，岭南美术出版社

图 2-2-1 拍摄：李伟斌，摘自《中国商业摄影》
出版社：岭南美术出版社

（一）光影变化中美的瞬间
——建筑摄影的拍摄意义

在建筑设计圈中，很多建筑师本身就是建筑摄影的爱好者，因为摄影不但能使建筑师迅速而真实地记录自己或他人的设计作品，而且还能通过摄影特有的艺术语言，留住建筑在光影变化中美的瞬间。

建筑摄影除了可用于报刊新闻、影赛影展外，还具有极高的商业价值和学术价值，如提供设计参考与技术开发投资、规划设计、施工营造、房地产经营管理等方面的广告宣传，以及出版建筑专业工具书、室内外装饰参考，提供建筑专业杂志刊用、制作旅游宣传品等。

世界各国的建筑师、室内外装饰设计师和一些工艺美术工作者，一般都经常从建筑照片中来了解、学习，并借以启迪或提高自己的设计、创作水准。

目前，建筑摄影已与飞速发展的城市建设同步得到迅速的发展和提高，在我国对外开放的宣传中，建筑摄影的作用更是不可低估，可以说建筑摄影是让世界相互沟通、相互了解的一种便捷方式。

图 2-2-2 拍摄：李伟斌，摘自《中国商业摄影》
出版社：岭南美术出版社

（二）光影变化中美的瞬间
——建筑摄影的拍摄要求

1. 建筑师通过建筑设计来表现建筑，表现自己的设计意图；摄影师通过摄影技术来表现建筑，表现自己的创作意图。

建筑师和摄影师均是通过二维空间的平面形式（前者为图纸，后者为照片）来表现建筑的。建筑师在绘制透视图时，视平线的高低可以根据图面需要而上下移动，但无论是鸟瞰还是仰视，在最常见的一点和两点透视图中，原本垂直地面的墙面和柱子等垂直线条在图画中始终可保持垂直，这种设计特性也就基本决定了建筑摄影的要求，即以平视取景（垂直线条在照片中仍保持垂直）所获得的画面效果。因为平视是人们最常用的视角，平视所看到的建筑最自然、最真实，也最容易被人们接受（刻意用倾斜线来表达视觉的冲击或追求戏剧性构图的作品除外）。

一些相机制造商开发生产了一些可以调整透视关系的相机或移轴镜头，以适应建筑摄影的这一基本特点。

2. 建筑摄影不但要表现出建筑的空间、层次、质感、色彩和环境，更重要的是作品必须保持视觉上的真实性。

作品既追求表达建筑美学上的艺术性，捕捉光影变化中的瞬间美，还要把人们看到的横平竖直的建筑物表现在照片上。这就是建筑摄影既不同于纪实摄影，又不同于艺术摄影的创作要求。

（三）光影变化中美的瞬间
——建筑摄影的拍摄器材与技巧

建筑摄影所使用的器材与其他摄影所使用器材是有所区别的，因为建筑摄影普遍要求对照片中的建筑透视失真予以校正。使用普通相机平视取景时，虽然原本垂直地面的线条在照片中也能保持垂直，但此时镜头的像平面中心却无法像透视图中的视平线那样上下移动，这无疑增加了用普通相机拍摄建筑，特别是拍摄高层建筑的难度。为此，不少摄影师不得不采用仰视拍摄，以求得到建筑物的全景，但是这样取景拍摄的结果，会形成建筑物原本垂直地面的线条向上会聚的透视效果，这种效果会给人一种不稳定的感觉。所以，建筑摄影大都需要使用可以调整透视关系的摄影器材。建筑摄影的首选器材自然是大画幅相机（4×5或8×10），因为大画幅相机的皮腔部分可做大幅度调整，尤其是近拍高大的建筑物时，这种优势极为明显；再有就是较大的底片可以更好地记录影像更为细微的部分，这对于大型广告图片的制作非常重要。

　　不过大画幅相机的操作比较复杂，移动调整和更换胶片均较繁琐，携带安装也并不便利，所以在对片幅没有刻意要求的情况下，一些中画幅相机，包括35mm单反相机，同样能够满足建筑摄影的基本要求。

　　例如机背取景的中画幅相机禄来X-Act2、哈苏ArcBody等。哈苏ArcBody，该机后背可作+28mm移轴与+15°倾斜调整，机身轻巧（550g），具有很好的便携性。所配三支镜头中最大视角可达94°（35mmF4.5），相当于35mm相机20mm镜头的视野范围，而且在全程移轴时均有极佳的成像表现，因而非常适宜户外建筑摄影。此外，中画幅单反相机和35mm单反相机中，均有一些移轴镜头可用于建筑摄影，移轴镜头可以在平视取景的前提下，把镜头的像平面中心相对焦平面中心向上或向下移位，从而在镜头的焦距范围内，建筑的顶部（地面拍摄）或底部（高处拍摄）移进取镜器内，而垂直线条在照片中仍保持垂直。

　　中画幅相机的移轴镜头有玛米亚75mmF4.5、禄来75mmF4.5以及哈苏可做偏移的1.4增倍镜等等。35mm相机用于建筑摄影时，可选择尼克尔PC 28mmF3.5、35mmF2.8移轴镜头以及尼康最新推出的尼克尔PC Micro85mm1：2.8微距移轴镜头，佳能移轴镜头则有TS-E24mmF3.5L、TS-E45mmF2.8以及TS-E90mmF2.8。关于各类移轴镜头的具体使用情况，则应视拍摄的对象、照片的用途、创作者的习惯和经济能力而定。

　　稳固的三脚架、快门线和具有点测光（一般5°即可）功能的测光表，都是建筑摄影所必需的辅助设备。三脚架上最好选用带有水平仪的云台，如曼富图410，这样可以更精确地控制影像垂直。有些摄影爱好者手中只有普通的摄影器材，在用于建筑摄影时可以采用以下方式避免建筑透视失真：

1. 技巧

　　（1）站到被摄建筑物对面高处平视拍摄。

　　（2）平视取景：把被摄建筑安排在画面的上部，放大时再裁掉下面多余的部分。

　　建筑摄影基本保持水平。无论是使用移轴相机还是普通相机，拍摄建筑时一定要保持水平，以使建筑物避免透视失真，保持稳定感。

　　取景构图：主题和艺术情趣首先是通过取景构图来予以表达。由于建筑物具有不可移动性，选好拍摄点对取景构图就尤为重要。拍摄点应有利于表现建筑的空间、层次和环境。空间是建筑的主体，层次表现空间的变化和深度，而环境则不仅仅是为了衬托建筑，创造一种气氛，其本身就是建筑的一个不可缺少的组成部分。

优秀的建筑（或建筑群）必然具有优美的建筑环境。在拍摄都市建筑时，还应特别注意避开与主题无关的邻近建筑、电线、广告牌等物的干扰，寻找能充分表现建筑特色的拍摄点，以获得满意的构图效果。有时为了突出主题，取景构图时也可故意摄入其他建筑作为陪衬，但一定要注意主题建筑与其他建筑的透视关系，不能喧宾夺主。在拍摄建筑群时，高视点取景能较好地表现建筑群的空间层次感。

（3）正确用光：建筑是依靠自身的三度空间来表现其立体的空间，而用平面的照片形式来表现立体空间时，在一定程度上将有赖于光与影。正确用光的含义是指控制光的方向、强度和品质，既要表现出受光面材料的纹理质感，又要能显示出阴影凹处的深度而又不失凹处的细节。

标准光是指与建筑物正面成45°的前侧光，但在表现外墙装饰为玻璃材料等的现代建筑时，光照的角度就要灵活掌握了，既应避开强烈的反射光，又应表现出材料反射的质感，还要使其表面所反射出来的周围景物不破坏主题。逆光虽无法表现建筑的细节，但确有利于表坝建筑物优美的轮廓线，而顶光和平光（即正光）会使建筑物缺乏立体空间感。有时还可利用晨曦、夕阳等特殊光线，给作品带来色彩绚丽的光影效果。

（4）清晰细腻：保证影像清晰细腻是建筑摄影的根本，最有效的方法就是精确对焦，并用小光圈来加大景深，另外还要使相机稳定，并正确用光，这样才能使建筑物的形体特征和材料质感一览无余地表现在照片上。

2. 室内自然光拍摄

（1）室内自然光线的最大特点是受门窗数量、面积大小以及墙面颜色的影响。在大多数情况下，室内自然光照明下的景物反差要比室外大得多，如果仅以常规方式进行测光、拍摄，往往难以取得理想的效果，容易出现亮部和暗部同时缺乏层次的现象。

（2）无论是使用入射式测光表，还是反射式测光表，包括带测光装置的照相机进行测光，一般宜尽量按照被摄体的亮部进行测光，因为在室内自然光照明下所形成的过大反差，往往超出了胶卷所能记录的范围，最终的照片上景物亮部缺少层次或暗部浓黑一片，不能显示任何细节。但若按景物亮部进行曝光，虽然暗部没有层次，但景物亮部的层次可以表现得相当细腻，能真实地反映室内的现场效果。

（3）可是仅按亮部测光，有时也会使亮部色彩表现得过于灰暗，这在拍摄人物肖像时，可能会得到适得其反的效果。因此，在测光时，有必要根据被摄体本身颜色的深浅，作相应的曝光补偿。一般规律是：按照亮部测光，如果被摄体接近灰色，或被摄体颜色

图2-2-3 室内，学生作品/梁宇飞

图2-2-4 室内，学生作品/梁宇飞

图2-2-5 室内，学生作品/梁宇飞

图2-2-6 室内，南京非凡广告公司/张力

既不明亮，也不深暗，就无需作任何曝光补偿；若被摄体的颜色比较浅亮，就应该在亮部测光的基础上，再补偿一些曝光量；反之，如果被摄体的颜色比较深暗，就应该在亮部测光的基础上，相应地减少一些曝光量。如果被摄体的表现重点是在暗部（这种情况不多见），此时就要放弃亮部层次的表现，并按暗部测光，也可以在此基础上，视层次表现需要，再酌情增加少许曝光量。

图 2-2-7 外滩夜色，学生作品/梁宇飞

总之，在反差较大的室内自然光照明下拍摄照片，切记不要奢望同时将被摄体的亮部和暗部都表现清楚，这样做往往会适得其反。

（4）在测量室内自然光照明下的景物时，如果使用的是反射式测光表或带测光装置的照相机，一定要避免将明亮的门窗纳入测量范围，否则会极大地影响测量精度，会使画面的主体曝光不足。

（5）可以靠近被摄体，用测光表或照相机的测光系统，对被摄体的重点局部进行测光，就能获得比较理想的曝光效果。

图 2-2-8 江南民居，学生作品/梁宇飞

实训作业：

1. 拍摄优秀的建筑（或建筑群）一组

练习要求：建筑摄影的拍摄基本保持水平，即无论是使用移轴相机还是普通相机，拍摄建筑时一定要保持水平，以使建筑物避免透视失真，保持稳定感。

拍摄点应有利于表现建筑的空间、层次和环境。空间是建筑的主体，层次是表现空间的变化和深度，而环境则不仅仅是为了衬托建筑，创造一种气氛，其本身就是建筑的一个不可缺少的组成部分。

注：一组照片6张

2. 室内自然光拍摄照片一组

练习要求：要求景物层次表现得相当细腻，能真实地反映室内现场光效果。

图 2-2-9 南京非凡广告公司/张力

图 2-2-10 南京非凡广告公司/张力

图 2-2-11 南京非凡广告公司/张力

三、产品摄影

（一）平面书画作品的拍摄技巧与要求

学习目标—掌握在摄影室内用闪光灯拍摄书画作品的要领
能够依据不同材质的作品合理布置灯位
能够拍摄出符合印刷要求的画册照片

工作任务—使用传统胶片相机或数码单反相机拍摄国画、水粉
画、素描等作品三组。要求在摄影室内用闪光灯作为
光源拍摄作品，能够拍摄出色彩还原准确，层次丰富、
反差合适，符合印刷要求的画册照片。并完成相应的
输出
以入射光照度为曝光依据，拍出的画面黑和白部分的
密度才能准确还原，色彩才能得到正确的再现。为了
鉴定完成的胶片色彩还原是否准确、层次是否丰富，
反差是否合适，拍照时可在画面的边缘加入色标和灰
阶同时拍下来，作为制版印刷或印放照片的依据
用数码单反机拍摄，文件尺寸设置最高像数，文件格
式设置RAW，白平衡设置闪光灯模式，使用中焦镜头
拍摄取50mm焦距，成像效果好

参考书目—《美国纽约摄影学院摄影教材》*NEW YORK INSTITUTE*
OF PHOTOGRAPHY，美国纽约摄影学院，中国摄影出版社
《摄影师职业资格培训教程》，中国摄影出版社
《世界现代广告摄影经典》，江苏美术出版社
《中国商业摄影》，摄影之友工作室编辑，岭南美术出版社

图2-3-2 书画拍摄现场

图2-3-3 书画拍摄现场

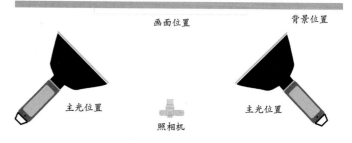

图2-3-1 拍摄书画光位图/徐飞绘制

图 2-3-4 喻继高《花鸟》89cm×48cm
张力拍摄

图 2-3-5 盖茂森《竹园静读》68cm×45cm
张力拍摄

1. 书画拍摄使用工具

中画幅相机、135数码单反机、135胶卷单反机、测光表、三脚架、影室闪光灯2支、柔光箱2支、连闪线1条。

2. 书画拍摄操作程序

（1）拍摄准备

拍摄国画、水粉画、素描等作品要钉在壁板上，而油画、轴画和带框的绘画作品，需要挂在或是依靠在壁板上，因此壁板是拍画不可缺少的设备之一。壁板要求平整并与地面垂直。一些文物及专业摄影室的壁板多以平整的薄铁皮敷在壁板上，用磁钉或磁条把画吸着在铁皮上，使用起来快捷方便，也不会损伤画面。壁板的颜色可涂成近似于反光率18%的中灰色调，可作为测光的依据。此外，壁板上还应画有垂直线和横线，以使画位中正。

（2）拍摄器材

拍画所使用的相机应为机背取景相机和单镜头反光相机，以避免出现视差；镜头一般以标准—中焦范围为好，以避免画面变形；三脚架应尽量稳固，以避免相机晃动；感光材料应选择颗粒幼细，色彩还原准确的中、低速胶片。如柯达EPP、EPR（日光型）、EPY64T（灯光型）等彩色反转片，以及柯达VPS（日光型）、VPL（灯光型）等彩色负片。富士的专业反转片可用ASTIA、PROVIA，

图2-3-6 齐白石《紫藤》140cm×34cm
张力拍摄

图2-3-7 吴昌硕《行书》144cm×37cm
张力拍摄

图2-3-8 俸正杰《中国情人》/油画
张力拍摄

及负片REALA等等。这些胶片都具有很好的性能。各种胶片在正式拍摄前最好进行试拍，根据试拍的情况对这一乳剂号的感光度、色彩平衡等做细微的调整。

（3）光源

拍画大多在室内人造光源下进行，根据所用胶片有两种色温的灯光可供选择，一种是平衡于标准灯光3200K色温的光源，如强光灯、石英碘钨灯、溴钨灯等，500W的强光灯泡使用较多，这种灯色温稳定，光线均匀，观察对焦很方便，缺点是灯泡寿命短，亮度低，温度高；碘钨灯、溴钨灯的亮度较高，有1000W、1300W等，这类灯的热度也很高，而且不如强光灯均匀，耗电量也很大。上述光源皆属热光源，拍摄古画、文物时对原件也很不利，一般文物部门不允许使用。

另一种光源是平衡于标准日光5500K色温的影室闪光灯，影室闪光灯是文物部门准予使用的所谓的冷光源。高档的影室闪光灯色温准确、稳定，不加柔光箱就可得到均匀的照度。用于拍画的影室闪光灯要求功率大、指数高、亮度可调整。其中造型灯也一定要亮，以便准确观察布光效果和被摄画面的反光情况。影室闪光灯是瞬时闪光，耗电量小，上电快，亮度高，色温准，耐用，是拍画的理想光源。

（4）光位

布光对于拍画工作至关重要，灯光的位置要根据所拍绘画作品的质地、反光去安排。比如国画，大多数国画是纸本或绢本的，反光率很低，绢质虽有些反光但并不严重。拍摄这类绘画，可在画面中心的45°角或小于45°角的位置上左右安排两支灯，位置要相等，距离要根据所拍画幅的大小来决定，画幅大的远些，小的近些；灯距远则光线均匀的范围大，近则反之。灯位的高低基本以画面中心的高度为准。如果画幅过大、灯的高度不够，则应适当增加灯的数量，以补足四角的亮度，但一定要注意整个画面的光线是否均匀。拍摄水粉画、水彩、素描等不反光或是反光较小的绘画作品，均可采用两侧布光的方法。

在中国画中有一些金地反光的作品，具有很强的反光，在拍摄时，应先观察两侧布光时金色的效果，即金色是否变黑或有强反光。根据效果来调整灯的角度，如大于45°角，以及在相机旁加白反光屏，地面上铺白纸等方法反光，目的是使画面的金色呈现出来。

油画反光强烈，有的作品还会涂亮油，其笔触又没有规律，用偏振镜也不能去除反光。此时布光可把灯的角度加大，每侧距画面中心可增至50°～70°，甚至再大些，视反光消除情况而定。如用两侧打光的方法反光仍然严重，可尝试用从侧上方打光的方法。两侧的角度可小些，主要是把灯位升高，升高的角度由画面中心往上

50°左右，视反光消除情况调整。这种布光可能会使画面的下部较暗，这样可在地上铺白纸以作补光。由侧上方布光的根据是：油画家在作画时无论在室内或室外，光线都是由上方而来，而天光这个角度不会有太多的反光，不然连画家自己也无法观察了。

（5）拍摄环境

在博物馆、美术馆拍画时，有些绘画藏品的原件镶在玻璃框里，不允许取出。尤其是一些颜色较深的画，加上表面的玻璃，便如同镜子一般，把相机、三脚架，以及摄影者和室内的环境都反射得很清晰。在这种情况下，应首先将室内的照明灯关掉，并拉上窗帘，以降低室内光线。再准备一块黑布，布的面积不得小于2m²（视画面的大小而定），在黑布中间剪开一个洞，并在洞周围绷上胶皮圈以便套在镜头上。拍摄前先把构图、焦点、光圈、速度确定后，再把黑布拉起来或是用支架支好，使相机、三脚架、摄影者都隐藏在黑布后面，只留出镜头，这样画面所有的反光可被去除。

图2-3-9 罗中立《人物》/油画
张力拍摄

在室内布光拍摄，光源恒定、操作方便、重复性好，是大量拍画最常用的方法。然而不具备在室内拍摄的条件时，可考虑在室外自然光的条件下拍摄。通常以上午9点、10点，下午3点、4点为宜，过早或过晚色温会偏暖。

（6）拍画的测光

拍画的测光。测光表是拍画不可缺少的测光工具，测光表要求功能齐全，既可测反射光又能测入射光，还能够测闪光。测量光线均匀程度一般采用测入射光的方法。在测量时，应依次测得中心、上下、左右各个方位的照度，如果每个位置都是相同的曝光组合，说明布光均匀，可以进行实拍。以入射光照度为曝光的依据，拍出的画面黑和白部分的密度才能准确还原，色彩才能得到正确的再现。如果采用测反射光的方法，就必须测18%反光率的灰板才能达到上述效果，但测量工作要相对繁琐。

图2-3-10 周春牙《山水精神》/油画
张力拍摄

3. 书画拍摄注意事项

（1）不同深浅调子的画面在曝光上，应适当作一定的曝光补偿。补偿的范围要视具体画面而定，过多或过少都会使照片偏色，只有掌握得恰到好处，才能使色彩得以最佳再现。

（2）为了鉴定完成的胶片色彩还原是否准确，层次是否丰富，反差是否合适，拍照时可在画面的边缘加入色标和灰阶同时拍下来，作为制版印刷或印放照片的依据。

（3）使用彩色胶片时要注意胶片与光源色温是否匹配，如在日光下拍了一半的日光片又需在灯光下拍摄，或是灯光片用了一半又要在日光条件下拍摄，这种情况如果难以避免，则应考虑使用色温转换滤光镜，如雷登80A或B12（日光型胶片在白炽灯光下拍摄）、雷登85B或A12（灯光型胶片在日光下拍摄）。

图2-3-11 叶永青《大鸟》/油画
张力拍摄

（4）用数码单反机拍摄，文件尺寸设置最高像数，设置RAW格式，白平衡设置闪光灯模式，使用中焦镜头拍摄取50mm焦距，成像效果好。

注：本单元学习结束后，需要对每位学生进行技能测试，检验学习效果。

实训作业：

拍摄国画、水粉画、素描等作品一组

练习要求：在摄影室内用闪光灯拍摄书画作品，能够拍摄出色彩还原准确、层次丰富、反差合适、符合印刷要求的画册照片。

注：一组照片6张

图2-3-12 江苏省美术馆展览厅/徐飞

图2-3-13 油画作品现场光拍摄/徐飞

图2-13-14 南京博物院展览厅/徐飞

图2-13-15 国画作品现场光拍摄/徐飞

（二）立体产品照的拍摄要求与准备

学习目标—能够利用影室灯光、道具或现场的自然条件拍摄产品照

　　　　掌握商业产品摄影拍摄技巧

　　　　掌握数码照片的后期制作技巧

工作任务—拍摄不同质感的产品照一组，要求影像质量细节清

　　　　晰，层次丰富。产品照看上去应令人振奋，构图充满

　　　　活力，最终效果富于人情味，在普通的物品中发掘出

　　　　平时难以发现的不同一般的内在美

　　　　要求照片的后期制作色彩还原准确、层次丰富、反差

　　　　合适、符合印刷要求，并完成相应的输出

1. 产品照的拍摄要求

　　商品摄影与广告摄影的概念很容易混淆。其实，这两者在表现手法上是有所不同的。前者属于静物摄影的范畴，它是直接把商业产品呈现在消费者面前，而后者重在创意。

　　现代商业产品摄影是一项技巧要求很高的摄影艺术，它必须根据商业的需要，先确定题意，再考虑陪衬、光线运用、景深控制、合理摆布、色彩配置等问题，让死板的、毫无生命的物品通过一系列的艺术手段，营造出生动的画面效果，从而有力地吸引消费者，发挥商品摄影的积极作用。

　　商业摄影是技术要求较高的专业摄影之一，并具备明显的市场运作目的和目标。当今商业摄影特点更偏向于数码化。

2. 产品照拍摄准备

（1）构思

　　摄影师在拍摄前首先要弄清产品照要表现什么，如何布局，如何通过特定环境将产品的质量、特性表现出来。虽然产品照拍摄的是无生命的东西，但这绝不意味着最终的影像就是枯燥乏味或呆滞死板的。好的产品照看上去应令人振奋，构图充满活力，最终效果富于人情味，在普通的物品中发掘出平时难以发现的不同一般的内在美。

（2）用光

　　产品照的用光主要是给产品造型和表现产品的质感。因此很少用直射光，而多用有利于质感表现的散射光。产品照的造型光都用前侧光、顶光和逆光。

　　产品种类繁多，质料各异，要表现它们的不同质感需使用不同的光线，如：木器和石料表面比较粗糙，宜用侧光；金属、瓷器

图2-3-16 产品拍摄光位图，徐飞绘制

反光强，宜用柔和的前侧光；花果、蔬菜质地柔润，充满水分，宜用柔和的顶光。此外，拍摄产品照辅助光不宜过多，因为那样会使画面光影显得杂乱无序。应尽可能使用反光板来调整阴影部位的光比。产品照的曝光一定要准确，否则也会影响产品的层次和质感的表现。

（3）产品照背景的处理

产品照片的背景可分为两类：一类是有特定的环境；一类是无特定的环境。

有特定环境的背景是使被摄体处在一个特定的环境中，表现出环境的特点。而这个环境是为产品服务的，其目的是为了丰富画面的想象空间。

但是大多数产品照的背景是无特定环境的，这类背景要求简练，可以用一张能弯曲的背景纸从水平面铺至垂直面，这样能消除台面与背景的接缝，使画面显得简洁。拍黑白照片可以用白和灰色的背景纸，要使产品的影调与背景影调有所区别；拍彩色片可选用彩色背景纸，但背景纸色彩不宜太鲜艳，以免喧宾夺主，并要与产品本身色彩和谐。

不论采用哪一种背景，都要注意控制背景的清晰度，使它与被摄主体形成适当的虚实对比。背景太实，容易削弱空间感，不利于突出主体；背景太虚，则难以表现背景的意境。因此，要熟练掌握背景的虚实程度。

（4）按草图拍摄

一般来讲，产品照的拍摄不需太大的摄影室，有照相机、镜头、三脚架、一些灯光、反光板、布或纸制的背景，一张稳固的桌子或拍摄台用于摆放产品即可。

在拍摄之前，摄影师应根据产品照的要求，按照客户意图，绘制相应的草图，包括物品怎样摆放，文字部分加在什么地方，如何表现等等。这样，摄影师就可以按照草图进行拍摄。把草图贴在照相机的毛玻璃上，在贴的时候应该上下颠倒，还是左右颠倒，要取决于相机的成像特点。相机的位置固定后，你可以移动物体，使其大小、位置完全和贴在毛玻璃上的草图一致。如果草图的大小或形状与底片的矩形不一致，这就需要在保持原图比例的前提下，进行缩放，使之恰好充满底片。使用机背取景照相机就非常容易了，只要把镜头对准草图，也就是把草图描到位于取景器的毛玻璃上的纸上就行了。按草图拍摄主要是决定产品的摆放位置，及这种摆放要表现产品的某种特性。拍摄过程中，还要从用光、背景等多种因素考虑，目的只有一个：充分表现产品的质感、特性等，达到产品的推销、展示目的。

（三）产品表面结构、形态、颜色和质感的表现

学会利用各种摄影技术、技巧来表现不同产品的突出特征。

不同被摄体的质感是通过其表面或介质对光的吸收、反射和传导的千差万别的程度，引起视觉上的不同感受而达到的。产品照的重要目的之一，就是要在胶片上真实地表现这种千差万别。为了便于掌握这些不同质感的表现，根据特性进行分类，归纳出若干典型质感的特性。

一般来说，将被摄体表面质感分为吸收型、反射型和传导型。而这三类不同质感的物体，又可能分别组合成多类复合性传感的被摄体。

千千万万种商品就有千千万万种拍摄方法，即使是同一件产品，也可以有若干种，甚至数十种拍摄法。但无论如何表现、如何拍摄，产品照的先决条件（即目的）首先是被摄体的质感表现，质感再现得不佳、失真，纵使有造型、色彩的真实，也会功亏一篑。例如：不锈钢器皿失去光泽或斑驳的影纹，丝绸表现不出纹理和轻柔，都是失败的产品照。下面就特殊的产品照的特殊表现手法举例说明。

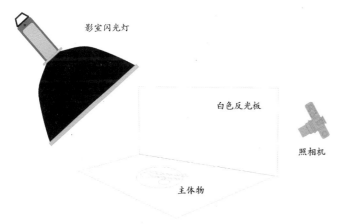

图2-3-17 产品拍摄单灯用光光位图，徐飞绘制

1. 拍摄玻璃器皿

拍摄玻璃器皿，关键是要表现出透明体的玲珑剔透的质感，并刻画出它们的俏丽优美的造型及纹样。

透明体的质感表现的关键在于：投射光的入射角越小，反射的光越多，它的反光产生耀斑越明显。光在穿透不同透明介质时会改变方向，产生折射。以切向光照射弯曲表面，边缘部分是不透明的，会呈现黑色或深暗色的轮廓线。

图2-3-18 学生作品/洪镇浩

图2-3-19 宜兴紫砂壶/徐飞

图2-3-20 宜兴紫砂壶/徐飞

图2-3-21 学生作品/刘国炯

图2-3-22 学生作品/刘国炯

图2-3-23 传统建筑上的木雕/徐飞

玻璃体在表现时，通常有暗线条、亮线条及本体三种表现方法。

暗线条表现：暗线条表现的重要特征是将玻璃器皿的轮廓刻画为深暗的线条。这样布光的先决条件是，一定要将背景处理成明亮色调。布光时，被摄体与背景后面用反光灯或聚光灯照明，经背景将光散射后再照射被摄体；背景材质如果为不透明，多用直射光从前面首先照射背景，然后利用背景反光来照射被摄体，这两种照明法都可以在被摄体的边缘形成深暗线条。线条的粗细取决于被摄体的壁厚。在使用基本照明方式时，如果感到被摄体正面需要补光，可使用反光板或扩散的软光。当感到被摄体两侧轮廓不够深暗时，补救的办法是用黑纸设置在背景垂直部分的两侧，用来将黑调映在器皿边缘，调节、强化层次。

亮线条表现：背景一定要深暗，乃至全黑，方可托显出器皿明亮的线条。在玻璃器皿的侧上方用雾灯、柔光罩或其他扩散照明被摄体，可造成玻璃器皿的两侧外轮廓及顶面出现明亮的线条。或在深暗的背景前，玻璃器皿的两侧后方各置一块白色反光板，然后再用定向的直射光源，利用反光板反射的散射光照亮被摄体的两侧，形成明亮的线条。亮线条的宽窄决定于光位，即光位越向逆后越窄，越向前侧越宽。要注意，反光板应在镜头视角以外。投向反光板的光要限光，不要干扰对玻璃器皿的表现。

本体表现：背景如为半透明，主光从背景后方投射，用散射光照明被摄体，背景若是彩色不透光物，将光投射向背景，再利用背景的反射光照明被摄体，但此时一定要在灯光上加置蜂巢导光罩或遮光挡板，勿使光投到被摄体上。本体表现可以在背景上大做文章，强调背景的影调效果。

拍摄透明体宜使用散射光、反射光，而不宜用直射硬光。被摄体的反差，既决定于背景明暗，又决定于投射光的强弱。无论是哪种表现，对背景的投光控制也十分关键。稍一忽视，背景会使玻璃体失去清晰、晶莹之美。

曝光测定对透明体来讲变得格外复杂，无论暗线条还是明线条表现，事实上都只能对背景进行测光。采用反射光测光，对暗线条表现应将测定值增加1/2格左右EV值的曝光量，对亮线条的曝光补偿与前者相反。实际上，前者是高调，忌背景发暗、线条变淡；后者为低调，忌背景浅淡、线条变暗。

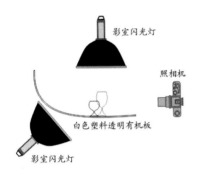

图2-3-26 玻璃器皿拍摄双灯用光光位图/徐飞绘制

图2-3-24
摘自《世界现代广告摄影经典》
江苏美术出版社

2. 不同纺织品的拍摄

不同的纺织品会有粗糙、柔挺、轻重、薄厚的质感。一般而言，主光主要表现织物的纹理，辅助光多用做强调暗部的层次和轻、薄透的性质。例如：表现纱的质感，一要用相对暗的背景（指浅色的纱而言）；二要纱本身有皱折起伏；三要从纱的后方或侧面光布；四要使用软光，才能充分展示纱的轻薄和柔细。粗糙厚实纹路清晰的织品，主光可稍硬，光位要低、侧，辅助光要软、散。光亮的面料主光一定要软、散且弱。面料皱折外的反光是加强质感不可缺少的因素。若主光表现不出，应加辅助光塑造，但反光面积不宜过大，且要流畅，不可造成耀斑。纱类织品的半透明主要靠逆光表现。

图2-3-25 拍摄：张兴纲
摘自《中国商业摄影》
岭南美术出版社

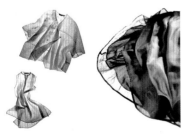

图2-3-27 拍摄：陶拥军，摘自《中国商业摄影》
岭南美术出版社

图2-3-28 鞋
学生作品/王婷婷

图2-3-29 鞋
学生作品/王婷婷

图2-3-30 包，学生作品/刘喜涛　　　　　图2-3-31 包，学生作品/刘喜涛　　　　　图2-3-32 帽子，学生作品/刘喜涛

图2-3-33 学生作品/刘国炯　图2-3-34 学生作品/李秀燕　图2-3-35 学生作品/李秀燕　　图2-3-36 学生作品/余德权

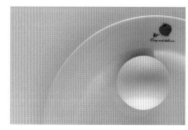

图2-3-37 学生作品/余德权　　　　　图2-3-38 学生作品/余德权　　　　　图2-3-39 学生作品/洪镇浩

图2-3-40 学生作品/洪镇浩　　　　　图2-3-41 学生作品/洪镇浩　　　　　图2-3-42 学生作品/洪镇浩

（四）典型质感分类及布光的要求

我们用一张表格说明典型质感分类及布光的要求。不同产品不同的表现手法：

		特征		主光光位	主光灯具及备注
吸收型	粗糙型	表面粗糙，纹理结构清楚，吸收入射光的性能相对较强。	强调质感表现，用光可较硬，方向性应明显。	应使用与纹理方向成侧光、侧逆光。垂直光位宜低。忌顺其纹理用光。	泛光灯，如蜂巢的泛光灯。
	平滑型	结构平滑，纹理细腻。吸收性低于前者，反射性高于前者。	光性适中，宜软不宜硬，方向性应明显。间接照明，扩散光为好。	前侧光、侧光、俟光。垂直光位可适当提高。	泛光灯前加扩散片，使用散光棚间接照明，柔光箱、散光、雾灯。
反射型	全反射型	光洁度极高，可接近全反射，能清晰映照物像，易生耀斑。	应软、散、均，发光面积易大。最好使用封闭式半透明隔离罩，或间接照明。	在隔离罩外多灯环形布光。被摄体的反差应利用各灯的明暗控制。使用散光棚也要尽量封闭。	隔离罩、散光棚外使用泛光灯照明。无上述器材可用雾灯、柔光罩。但要隔离环境，避免映像和杂光。可根据造型需要使用黑、白反光物造成黑白相间的影像以加强质感。要控制耀斑数量与位置。
	半反射型	光洁度比前者低，但仍能形成不十分明亮或清晰的影像。耀斑也不如前者明亮。	与上同，应软、散、均、大，间接照明为佳。	光位可据造型及质感特点灵活掌握。垂直光位可高于中位光。	伞灯、柔光罩、雾灯、大型散光棚，应隔离被摄体与环境，防止映像和杂光。
传导型	全传导型	全透明介质，入射光可透射，不同厚度、不同角度的面或棱边可形成不同透明度的线条、块面、耀斑。	多为间接光照明，也可使用直射光。光性可稍硬，使之有一定的穿透力。	暗线条表现使用亮背景，用低光透明。亮线条表现使用暗背景，用顶光或高位光、逆光照明。	泛光灯，加扩散屏的泛光灯，有时也可使用柔光罩、雾灯从顶光高光位照明。
	半传导型	半透明介质中，入射光部分传导，部分扩散，可形成光感。	为强调造型和光感，多用直射光照明，光性应透硬。	主强调光感，多以后侧光、轮廓光、逆光以及垂直光位的中位光相结合。	泛光灯、加蜂巢或锥形聚光罩的泛光灯、聚光灯，有时也可用柔光灯。
复合型	表面质感相似型	复合型被摄体由质感相似的材料组成。	使用与材料质感相应的光性照明。	根据造型和质感表现而定。	依据所需光性决定。
	表面质感差异型	复合体的多种质感反差甚大，且趋于两极，甚至导致明暗反差也很大。	尽量使光性对不同的质感有兼容性。但有时会有一定程度上对某种质感表现有所不同。	既要兼顾不同质感表现的光位，又要有重点地反复调整，尽可能保证重点质感的准确表现。	使用兼顾不同质感表现的灯具，但又要保证重点。

实训作业：

拍摄不同质感的产品照一组

练习要求：影像质量细节清晰，色彩还原准确、层次丰富、反差合适，符合印刷要求的画册照片，并完成相应的输出。产品照看上去应令人振奋，构图充满活力，最终效果富于人情味，在普通的物品中发掘出平时难以发现的不同一般的内在美。

注：一组照片为6张

商业摄影欣赏与评析

视觉的喜悦与新颖/影像与商业广告
幻彩·意象/静物/食品/珠宝
光影的乐章/现代建筑摄影/室内空间摄影/家具摄影
视觉的极限/汽车摄影
妙不可言/创意摄影

第三章　商业摄影欣赏与评析

一、视觉的喜悦与新颖 / 影像与商业广告

参考书目一《中国商业摄影》，摄影之友工作室编辑，岭南美术出版社

（一）美国摄影师霍华德·夏茨的《人体结》
摘自《中国商业摄影》 编译 / 王星

　　美国摄影师霍华德·夏茨（Howard Schatz）是一位享誉世界的人体摄影师。在其摄影生涯中，迄今已经出版了九本摄影作品集，向世人展现了他的个性化的独特影像造型风格，显露了他擅长形式创新的摄影天分。

　　《人体结》（Body Knots）是霍华德·夏茨进入21世纪以来所发表的最新人体摄影作品集。在这部作品集里，他再度显示了一贯独树一帜的影像创造技艺，如同他在20世纪末发表的艺胆独具的水下舞蹈人体摄影那样，仍然是以舞蹈家们为模特儿，他以一种从来不曾为人所见的视觉表现形式进行艺术创作。霍华德·夏茨在影像构成方面的别出心裁，与视觉效果的别开生面，足以使他成为当代世界人体摄影的一位巨匠。

图3-1-1 人体结
美国摄影师霍华德·夏茨（Howard Schatz）拍摄

　　《人体结》摄影作品集由艺术评论家欧文·爱德华（Owen Edwards）作序，序文把霍华德·夏茨的艺术成就作了全面的评价。文章言及："杰出的时尚杂志指导阿列克塞·布罗多维奇一再告诫他旗下的摄影师们，如果他们在镜头里见到了以前曾经看过的东西，那么就不要按下快门。这个指令对于任何艺术家都是金玉良言，对于摄影师，最理想同时也最幸运的就是能够创造出新的表达形式，这样的影像符号必然成为该摄影师个性化的商标类型。"

　　霍华德·夏茨就是一位优秀并且很幸运的摄影师，在他不算长的摄影生涯中，居然创新了若干项照片系列。霍华德·夏茨的摄影特色，在于他总能以某种新的影像方式，向人们展现视觉的喜悦与新颖。他拓展了人们的视野，令人为其创作的艺术作品兴奋不已。

　　在过去的十年间，霍华德·夏茨一直在跟舞蹈家们密切合作，他与纽约和旧金山的古典舞与现代舞表演者们共同成就了把舞蹈艺术化作水下人体摄影表现的独特艺术形式。在这番惊人的高难度创作尝试成功之后，他又以"人体结"的方式，与舞蹈家们再度合作，创作出非凡的更高难度的人体艺术摄影表现作品。

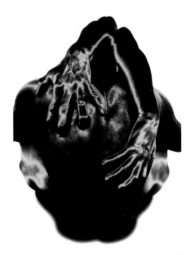

图3-1-2 人体结
美国摄影师霍华德·夏茨（Howard Schatz）拍摄

　　《人体结》摄影作品集的创作意念，来自霍华德·夏茨想要利用两个或更多些的人体，通过变形、解剖式的原始简朴造型手段，制造一种"生物雕塑"的方式。就像摄影史上的那些前辈所作过的类似尝试，例如比尔·布兰特（Bill Brandt）、安德烈·柯特兹

（Andre Kertesz）和尔文·潘恩（Irvig Penn）在人体摄影领域的那些大胆创作，霍华德·夏茨想要"重现"（Re-see）人体，而且是想要在已有的程度上更进一步：将人体组织成一种独特的、神秘的结构。他起初是将一个男人和一个女人的身体组合形成一个新的造型状态，创造一种别致的造型语言。

对于自己一直以来运用人体进行的摄影艺术创作，霍华德·夏茨说："我的创作意念总是在对人类身体所能做到的姿态作改进。"无论是尝试水下舞蹈人体摄影，还是这次多人组合的《人体结》摄影，他总是在指导舞蹈家们进行身体造型时，尽量发掘此前从未为人所见的人体表现姿势。从这条创作意念的线索上，可以洞悉霍华德·夏茨顽强地进行个人艺术创造的思维线索和刻意追求的目的。

在《人体结》摄影作品的创作过程中，霍华德·夏茨开始探索游离人体原本肤色制约的技法，在处理人体奇异造型的基础上，他运用电脑的图像处理功能，人为地为人体造型涂敷斑斓鲜艳的色彩。这样新鲜的视觉效果，更具有现代抽象雕塑的主观性和随意性的特色意味。同时，利用强大的电脑功能，霍华德·夏茨在组合人体造型的技巧上，更大程度地发挥出新兴的数码影像艺术的魔幻效果和任意排列组合的特点，从而为人体摄影这个艺术创作领域，拓展出一种具有创新意义的划时代的视觉符号体系。

霍华德·夏茨的这套《人体结》摄影作品系列问世以后，除了达到其艺术意义的成功之外，其带有特别视觉冲击力的"人体结"影像，还被迅速运用到多种商业广告上，其中的一些作品，被摄影器材厂家用做全球宣传的广告画面。这也跟霍华德·夏茨的艺术摄影作品所一贯蕴涵的商业性倾向有直接连带关系。兼顾艺术性与商业性的双重价值，乃是霍华德·夏茨迅速成功的一个创作特征。

图3-1-3 人体结
拍摄：美国摄影师
霍华德·夏茨(Howard Schatz)

图3-1-4 人体结
拍摄：美国摄影师
霍华德·夏茨(Howard Schatz)

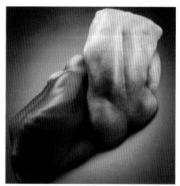

图3-1-5 人体结
拍摄：美国摄影师
霍华德·夏茨(Howard Schatz)

（二）欧文·佩恩与三宅一生

图/欧文·佩恩　文/陆驷

在时尚界，说起大师间的合作，人们总是会津津乐道于摄影师欧文·佩恩和设计师三宅一生的故事。

三宅一生（Issey Miyake）1935年出生在日本。1959年开始在东京读大学，学的是绘画，但是他真正的梦想是成为一个时装设计师。1965年，他到了时装之都巴黎，继续求学。1970年他成立了自己的工作室，并于1971年发布了他的第一次时装展示，从此步入了时装大师的设计生涯。三宅一生的服装被称为是"东方遭遇西方"的结果，他创立了充满东方特质的易于活动的服装，尤其是经他发扬光大的褶皱系列，受到很多消费者的推崇。

图3-1-6 拍摄：美国摄影师欧文·佩恩

欧文·佩恩（Lrving Penn）1917年生于美国新泽西州，17岁时就读于费城博物馆开办的工艺美术学校。1938年从美术学校毕业后，佩恩到纽约从事了一段时间的商业摄影工作。1939年他拍摄的一幅静物照片被一本杂志作为封面，成为他日后光彩四溢的摄影事业的开端。1943年佩恩被《Vogue》杂志聘用为专职摄影师后，才华得到了进一步的发挥。他一扫当时时装摄影中的陈规俗套，开辟了一片风格清新、个性鲜明的新天地。在美国摄影界，佩恩自始至终贯彻着他在摄影上精雕细刻、一丝不苟的"完美主义"。

还在求学的时候，三宅一生就非常乐于从西方的时尚和流行文化中汲取营养与灵感。当时欧文·佩恩已在《Vogue》担任首席摄影师，他的作品以有别于流俗文化的独特优雅和美感，触动着远在东方的三宅一生的时尚神经。此后十数年，三宅一生作为时装界的新星出现在西方的视野，他设计的服装充满了异域的神秘和对传统剪裁的大胆突破。欧文·佩恩对这位新秀设计师称赞不已，并零星地为时尚杂志拍摄了三宅一生的设计作品。然而，这两位天才直到1988年，当三宅一生在巴黎展示他的设计时，才正式展开了长达十多年的紧密合作。这样的开始在后来被三宅一生评价为两人之间一种"无声的理解"。欧文·佩恩拍摄的三宅一生的时装作品成为那个年代创造的一个经典。

图3-1-7 拍摄：美国摄影师欧文·佩恩

作为两人合作的一次总结，欧文·佩恩出版了一本名为《Lrving Penn Regards the Work of Miyake》的画册，收录了从1975年到1998年间两位天才共同创作的"产物"，体现着两位大师之间难能可贵的理解和再创新。

在众多的设计作品中，三宅一生坚持一个"条件"，那就是不出现在欧文·佩恩的拍摄现场。他认为应该给予佩恩完整的创作自由，而不要有意无意地渗入设计师的影响。三宅一生的助手北村绿

图3-1-8 拍摄：美国摄影师欧文·佩恩

从东京飞到纽约帮助欧文·佩恩选衣服。她从不解释一件时装的设计初衷，反而非常热衷于鼓励摄影师自己去探索这些服装的结构，例如按摄影师喜欢的那样把衣服反过来看。这些随意性最后为三宅一生带来了他期望的惊喜。

这些时装的曲线、角度、褶皱等等几何元素，通过模特伸展、弯曲的姿势，异于平常角度的侧面和轮廓，表现得更为清晰和直率——这就是由一位天才设计师创造的，折射在一位天才摄影师眼中的时尚。

这一合作就像给两位大师提供了一面镜子，让他们从对方的角度看自己。这些精彩的设计，也让欧文·佩恩有机会将他的摄影语言运用到材质、平面、形态和布料的褶皱中，还大量地加入了外来文化中的面纱和面具等元素；相对地，这些照片也让三宅一生像欣赏新作一样重新审视自己的作品，仿佛它们被第一次拿出来展示。

图3-1-9 拍摄：美国摄影师欧文·佩恩

图3-1-10 拍摄：美国摄影师欧文·佩恩

图3-1-11 拍摄：美国摄影师欧文·佩恩

图3-1-12 拍摄：美国摄影师欧文·佩恩

图3-1-13 拍摄：美国摄影师欧文·佩恩

图3-1-14 拍摄：美国摄影师欧文·佩恩

图3-1-15 拍摄：美国摄影师欧文·佩恩

（三）舞动的色彩
——纽约时尚摄影师Sarah Silver 作品

塞拉（Sarah）对摄影的热爱源自于孩提时代，当时她已经时常在他祖父的暗房里帮忙，从此相机便再也没有离开过她的手。同样在她年轻的时候，她亦热衷于学习古典及现代舞，这使她对于人体动作有了更深的领悟。当她在Vassar Colledge完成第一个有关中东研究的学位后，她更迫切地要将对"摄影"和"动态"的热情合二为一，于是她申请了纽约的视觉艺术进修课程。

完成了摄影硕士学位之后，塞拉即被《Surface》杂志选中，为其前卫版拍摄时装照片，从此，塞拉开始她时装摄影师的生涯。她别出心裁地起用舞蹈演员为摄影模特儿，在高级时装界独树一帜。接着，她更以拍摄两个时装故事来作为她的毕业论文，她起用了史蒂芬·帕托里欧现代舞蹈团来展现Prada和Imitation of Christ两大著名品牌的服装，这些作品相继在各大媒体上发表。

图3-1-18 拍摄：美国摄影师塞拉（Sarah）

在开始的时候，塞拉就明白新技术的重要性，所以她早在2001年3月就完全采用数码摄影手段，现在她使用Sinar中片幅数码后背进行拍摄工作。

塞拉的作品经常刊载于各大刊物，如：法国和意大利的《Vogue》杂志，美国和英国的《Elle》杂志，西班牙的《Harper's Brazaar》和《Cosmopolitan》杂志，纽约的《Time》和《PDN》杂志。主要客户还包括：NIKE、Ralph Lauren、Radio City Music Hall、The American Movie Channel和Marshall Field's Company。塞拉曾在澳大利亚、印度尼西亚和美国以纽约视觉艺术学院的名义举办摄影讲座，2003年塞拉被推荐为"哈苏形象大使"，享有很高的荣誉。

塞拉的照片，画面充满张力，强调形式感，流露着毫无掩饰的美国式活力和奔放，代表着时尚之都纽约风行的杂志图片风格。

图3-1-19 拍摄：美国摄影师塞拉（Sarah）

图3-1-16 拍摄：美国摄影师塞拉（Sarah）

图3-1-17 拍摄：美国摄影师塞拉（Sarah）

（四）惊艳：瞬间凝动
——英国摄影师克里斯·纳什（Chris Nash）的舞蹈摄影

文/陈韶军

摄影家的功力在于"言有尽而意无穷"，在有限画面呈现无限想像空间，让观者从画面中寻找属于自己的意义。舞蹈摄影师克里斯·纳什（Chris Nash）于1977年开始了他的舞蹈拍摄，经过20多年的努力，今天他被誉为"当代最富有创意的摄影师之一"。他以独到的手法与眼光，往往在舞蹈动作完成之前，已经精确捕捉并呈现出编舞者的创作意念。他拍摄过许多令人惊美的海报、宣传照与节目手册封面，在近20个国家举行过逾40场摄影展，是欧洲当红的舞蹈摄影师。英国文化协会（在华作为英国使/领馆文化教育处）特邀克里斯·纳什于2007年4月25日来华举办首个摄影展《瞬间凝动》。所展出的40多张作品，是克里斯·纳什过去20年来在舞蹈摄影上的精选。克里斯·纳什善于让镜头下的人物保持暧昧感，往往使观者对画中人的性格和经历有种种猜想。他近年更醉心于后期照片编辑，作品色彩更鲜明，构图更巧妙，意念更为天马行空。

图3-1-20 作品：Red Run (Richard Aston Dance Company,London 1998)
拍摄：英国摄影师克里斯·纳什

图3-1-21 作品：Fake It (Motionhouse 1997)
拍摄：英国摄影师克里斯·纳什
一幅千真万确的图像，当中并没有利用任何电脑图像处理，直至现在为止，本人仍不知道舞者Ruth 在没有帮助的情况下，是如何做到这个动作的。

图3-1-22 作品：Draw On The Sketch Of Egon Schieie 1(The Featherstonehaughs 1999)
拍摄：英国摄影师克里斯·纳什
舞蹈灵感源于奥地利表现主义艺术家Egon Schieie，他的作品对人类解剖学中的感情及心理学研究极具影响力。这次拍摄工作是尝试把Egon Schieie的作品具体化，摄影作品的效果出乎意料的好。

二、幻彩·意象/静物/食品/珠宝

（一）彭智宏静物意象摄影

摘自《中国商业摄影》

　　我不太偏向用一些恐怖或者堕落的画面来表达反吸毒这一主题，因此，我构思的画面首先是美丽而充满迷幻的。细细品味之下，干枯的花和破碎瓶上的斑驳，却又使人感到那种病态自醉的沉沦，我想通过这个画面表现一种广义的人文关怀。

图3-2-1 琉璃劫，拍摄：彭智宏
用双重成像手法将彩瓶的影像汇
聚在一片斑驳的琉璃片之中。

图3-2-2 碎影，拍摄：彭智宏

（二）陈建毅静物作品

　　静物摄影单纯的画面处理起来并不容易，考虑更多的是意念的表达，色调的搭配，材质的对比，视觉的选取，构图的摆放及光效的运用，这些综合起来就构成一幅主题突出又有内在的丰富画面。有时少即是多，单纯而非单调。

　　陈建毅，香港专业摄影师公会会员，1989年毕业于香港正形商业设计文凭课程。其后为香港著名摄影师王正刚先生担任助手。1994年自立门户，主力广告摄影，多年来获得香港4A创意奖、香港设计师协会奖及佳能国际广告节奖等十多个奖项。

图3-2-3 汇丰银行信用卡推广广告
拍摄：陈建毅

图3-2-4 展览场刊
广告公司：非一角度设计顾问有限公司
美术指导：Benny Au

（三）王正刚静物摄影

文/阿峰

王正刚是香港一位有着丰富拍摄经验的商业摄影师。总结过往20多年的拍摄生涯，他形容自己是商业摄影中的"杂家"，相对"专一、专注"来说，他更喜欢尝试不同类型、题材的拍摄，而往往都有不凡的表现。

 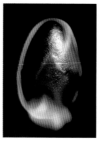 

图3-2-5
拍摄：王正刚
　　为友邦洋纸（Polytrade Paper）拍摄的海报。用纸做成问号和感叹号的抽象形态，固定纸的造型时颇费了一番功夫。

图3-2-6
拍摄：王正刚
　　为设计师靳埭强拍摄的系列设计海报之一。为了获得通红的火焰，用煤油做燃料，但煤油的燃烧会产生很大的黑烟，所以按完快门就要手疾眼快地合上镜头盖。

图3-2-7
拍摄：王正刚
　　此画面选在傍晚的时间拍摄，先由设计师余志光在沙滩上将图案画好，再高角度取景一次拍成。

（四）赵秀文食品摄影

赵秀文：中国摄影家协会会员，四川摄影家协会广告学术委员会主席，多次在国外摄影展中获奖。1989年日本福冈九洲产业大学艺术部摄影专业毕业后，就职于日本福冈阿部摄影株式会社从事广告摄影，1996年回国创立四川共同摄影秀文工作室至今。

此组照片用于店内灯箱。为了拍出蛋糕质感和诱人的感觉，在顶灯和左侧灯加上具有柔光效果的牛油纸；左后方使用聚光灯在食品上部勾画高光，使之产生较透明的感觉，在右侧方放置反光板，使三盏灯的光比得到很好的控制。器材：1200W/S高明灯带电箱。

图3-2-8 食品摄影
拍摄：赵秀文

图3-2-9 食品摄影
拍摄：赵秀文

图3-2-10 食品摄影
拍摄：赵秀文

图3-2-11 食品摄影
拍摄：赵秀文

图3-2-12 食品摄影
拍摄：赵秀文

（五）珠宝摄影工笔描绘"黑、白、金"

图文/贺建华

　　工笔，国画的一种画法，特点是用笔工整、细密。黑、白、金，是指产自澳大利亚深海的塔希提黑珍珠、南洋珠（白珍珠）以及金珍珠。

　　从事珠宝摄影，常常会面临材质完全不同的首饰，因质地不同，其拍摄方法及个性表达上都会有很大的差异。例如：钻石的拍摄力求表现出切割工艺以及独有的耀眼光芒（俗称火彩），翡翠强调碧绿的色泽以及温润通透的"水头"，而珍珠的魅力却在于它所释放出来的层层珠光，细腻润泽的珍珠质，隐约闪光的雀绿及彩虹般的光晕，都是极品珍珠的标志。

图3-2-13 珠宝摄影，拍摄：贺建华

图3-2-14 珠宝摄影，拍摄：贺建华

　　塔希提黑珍珠，神秘媚惑；南洋白珍珠，优雅、高贵；金珍珠尊贵而富有皇者之气。这辑照片之所以用工笔般的效果来表现，是因为珍珠的身价恰恰体现在细节之中，在布光过程中，任何一个不恰当的用光都会破坏珍珠亮丽色泽的再现，这其中对入射光及反射光的控制能力有极高的要求。

　　如何控制光线的软硬、强弱以及入射角度，是拍摄珍珠的关键所在。拍摄中光点不宜太多，否则眼花缭乱。因珍珠本身是浑圆的球体，要避免用方形的柔光箱及反射出方形的光斑。这种带有直角的光斑，会直接影响珍珠固有的韵律感，圆形的光源是较好的选择。接下来是拍摄角度的选择，突出珍珠表现的同时，还要注重群像钻石的光泽以及金属质感的表现，兼顾到这些才能准确地诠释珠宝的原创设计。

图3-2-15 珠宝摄影，拍摄：贺建华

图3-2-16 珠宝摄影，拍摄：贺建华

　　拍摄珠宝除了要有过硬的摄影技术，最重要的是心态——要用极其平和的心态来操作，平和地观察、调整、对焦，平和地按下快门。

图3-2-17 德国摄影师
Ulrich Hoppe Hamburg静物摄影

图3-2-18 德国摄影师
Ulrich Hoppe Hamburg静物摄影

三、光影的乐章 / 现代建筑摄影 / 室内空间摄影 / 家具摄影

（一）建筑摄影

图文/陈溯　摘自《中国商业摄影》

1. 北京中国网通宽带信息中心

现代建筑中采用玻璃作为建筑材料的很多，许多的建筑立面完全是由玻璃构成的。坐落在北京易庄的中国网通宽带信息中心大楼，就是这样一座现代的建筑。玻璃具有透光和反光的特征，在拍摄中国网通大楼时，除了表现建筑物立面上的意向和体量外，还应充分表现建筑材料的这种特点。在拍摄时，傍晚天空的亮度和建筑物反光的亮度十分接近，照片一次曝光拍摄完成。

拍摄建筑外观的夜景图片，有几点要注意：

（1）根据摄影意图选择最佳的摄点；

（2）需要当晚有个好天气；

（3）建筑物的灯光需要配合拍摄，适时打开。在拍摄这幅图片时，基本满足了这几点要求。建筑的附近只有这个点还不错，虽然不是最理想的，但周围没有可选择的拍摄点了。该拍摄点是一个拆迁的居民楼，楼房基本腾空了，如果不是这样的话，连这个点也不能上去拍摄。在我们拍摄过后不久，这座楼就被夷为平地了。

图3-3-1 北京中国网通宽带信息中心，拍摄：陈溯，拍摄数据：仙娜P2、施耐德75mm、富士Provia 100F，F16、12秒

图3-3-2 北京嘉里中心，拍摄：陈潮
拍摄数据：仙娜F1、罗敦司得65mm 、富士
Provia 100F、F16、12秒

图3-3-3 北京人寿保险大厦，拍摄：陈潮
拍摄数据：仙娜P1、罗敦司得90mm、富士Provia
100F，第一次曝光F22、1/2 秒，第二次曝光F22、
16秒

2．北京人寿保险大厦

　　拍摄这幅夜景照片时，采用了两次曝光才取得如此的效果。（图3-3-3）由于拍摄是面向西南方向，傍晚即将日落时的天空很明亮，此时建筑与天空亮度的对比反差很大，远远超出胶片的记录范围，但通过两次曝光极好地解决了这个问题。

3．北京中国银行

　　中国银行的四季大厅是一个55m见方、45.3m高的中国庭院式大堂，室内的空间非常高大宽敞。大型空间的室内建筑摄影，主要是利用自然光进行拍摄，选择合适的时间对拍摄非常重要。这幅影像（图3-3-4）是清晨美丽的阳光映照在建筑主入口时的情景。

4．北京人寿保险大厦旋转楼梯

　　用4×5座机和超广角镜头俯拍这个旋转楼梯时，架设相机，调焦、构图每一项工作都让我付出了相当的体力和极大的耐心。（图3-3-5）

5．上海中国银行

　　在建筑室内设计中经常采用对称式空间布局，这种均衡的布局空间能够突出建筑庄重的氛围。采用对称式的构图，在建筑摄影中是为了更好地表现设计者的理念。

6．北京工商银行

　　在建筑设计中，根据功能的需求要划分许多的区域空间。这是从建筑主入口进入大堂后的交通空间。这幅影像在介绍交通流线的功能，也表现出建筑内部的空间结构。（图3-3-7）

图3-3-4 北京中国银行，拍摄：陈潮
拍摄数据：仙娜P2、罗敦司德90mm、柯达E100 VS，
F16

图3-3-5 北京人寿保险大厦旋转楼梯，拍摄：陈溯
拍摄数据：仙娜F1、罗敦司得65mm、富士Provia 100F，F22

图3-3-6 上海中国银行，拍摄：陈溯
拍摄数据：仙娜F1、施耐德75 mm、柯达Provia 100F，F22

图3-3-7 北京工商银行，拍摄：陈溯
拍摄数据：仙娜F1、施耐德75 mm、富士Provia 100F，F22

（二）公共室内空间摄影照明例法

编译/桂芳

相对于家居空间，公共室内空间往往会大很多，照明条件也会复杂得多，掌握其拍摄现场的光比平衡和色温平衡，是一个难度更大的课题。本文的摄影师给你一些成功的范例，仔细揣摩，定可备你不时之需。

英国Lowry艺术中心。室内纯度很高的黄色调，使用深蓝色滤光片效果较好。

这个空间色调鲜明，滤光处理有一定难度。拍摄中，在相机上使用深蓝色滤光片，将色温调校到适用日光片使用，用日光胶片拍摄。曝光时间长达16秒到20秒。

美国迈阿密航空剧场之窗。拍摄主体是窗户，在内外光线平衡方面花了不少心思。

该大楼傍晚时分灯火辉煌，色彩漂亮，从底部鲜艳的红色一直到顶部的浅黄。内部与外界光线和谐一致的时间持续几分钟，欲拍摄此景，须做好充分的准备。在拍摄中使用日光型胶片和72mm的广角镜。

英国Lowry艺术中心大礼堂。灯光照亮的舞台似乎漂浮在黑暗的海洋上，渲染出些许超现实意象。礼堂四周灯光为钨丝灯，在天花板旁边装有荧光灯，由于技术人员正在布置彩排，不能关闭灯光。深知荧光灯会留下蓝青色暗影，就对着钨丝灯进行拍摄。镜头前使用滤镜，曝光时间持续2分钟。

英国伦敦 Tate 美术馆。荧光灯管的光线校正是最难处理的。

此馆内部只有上方的荧光灯管照明，右边的窗户透射进来的光线留下了粉紫色的暗影。拍摄时是阴天，所以使用滤光镜来校正室内的青蓝色。

图3-3-9 美国迈阿密航空剧场之窗
拍摄：Richard Bryant
用途：美国迈阿密航空剧场
相机：林哈夫卡丹4×5
镜头：施耐德SuperAngulonXL 72mm
胶片：富士ROP Ⅲ，数据：f16、2秒

图3-3-10 英国Lowry艺术中心大礼堂
拍摄：Richard Bryant
相机：林哈夫卡丹4×5
镜头：施耐德Super Angulon 90mm
胶片：富士 RTP，数据：f22、80秒

图3-3-8
英国Lowry艺术中心
拍摄：Richard Bryant
相机：林哈夫卡丹4×5
镜头：施耐德Super
Angulon 120mm
胶片：富士ROP
数据：f22、16秒

图3-3-11 英国伦敦 Tate 美术馆
拍摄：Nicholas Kane，用途：杂志
相机：仙娜P，镜头：90mm
胶片：富士ROPⅡ，数据：f22、18秒

图3-3-12 NATUZZI皮椅
拍摄：傅兴
相机：哈苏503CW
后背：飞思P25
镜头：Carl Zeiss Distagon CFE40mm
三脚架：捷信—412
云台：曼富图#400
灯具：dedolight,Lowellight,光宝，等50余支
电脑：苹果PowerBook

（三）家具拍摄方法与体会

图文/傅兴

拍摄产品广告的时候，一般可分为以下几种形式：一是直接拍摄产品本身，运用各种手段突出表现产品的各个角度，使拍摄效果极具视觉冲击力；另一种是根据产品的性质和功能，将产品置于设计好的环境中，加上陪衬、道具，运用摄影的手法去暗示一些与产品的使用相关的内容。这里要注意的是要充分发挥自己的知识、想像力和鉴赏水平，千万不要低估受众的智商，不能什么产品都拿美女来做宣传。

好的产品广告会让整个画面浑然一体，产品虽不突出，却不可或缺，而图片的叙事性要强，对产品暗示强烈，而与产品性能息息相关，让受众记忆深刻而又感觉自然舒适。当然最高境界可能是图片里连产品的影子都没有，却让人感觉到了产品的无处不在。

家具是供人使用的，按功能的不同摆放在不同的空间里。在拍摄家具的时候，家具的造型、材质、细部的装饰等等固然重要，家具的设计风格、适用群体以及历史传承、独特个性等等，都有赖于摄影师利用摆放空间、道具并调动不同的摄影手法以表现出来。

这一组家具大部分为克拉斯集团拍摄的。该集团代理的众多国际一线品牌有着各自不同的风格：有的有傲人的历史传承与贵族血统，有的具备高度时尚效力，有的拥有美学与风格的魅力，有的有大师级的工艺传统，有的追求创新并不断挑战完美的品质。每一个品牌，每一款家具，都有其特有的故事和性格，给摄影师带来了极大的挑战。

要拍好这些家具，首先要了解消费这种家具的消费群体在经济层面和文化层面的需求和感悟。要考虑到拥有价值七位数一套的整体书房的主人，除了经济基础之外的文化背景、消费概念，对品质和个性的要求，对奢华、精致、尊贵等等的定义，每个消费者都有其不同的出发点和思考，因此拍摄这一系列产品要体现的不是摄影技巧，而是一种态度。

图3-3-13 尊贵的公主椅，拍摄：傅兴
相机：哈苏503CW，后背：飞思P25
镜头：Carl Zeiss Distagon CFE40mm
三脚架：捷信—412，云台：曼富图400
灯具：dedolight,Lowellight,光宝等50余支
电脑：苹果PowerBook

图3-3-14 VICENTE VIENA卧室系列，
拍摄：傅兴，相机：哈苏503CW，后背：飞思P25，镜头：Carl Zeiss Distagon CFE40mm
三脚架：捷信—412云台，曼富图#400
灯具：dedolight, Lowellight,光宝等50余支
电脑：苹果PowerBook

图3-3-15 BAGUS圆餐桌系列，拍摄：傅兴
相机：哈苏503CW，后背：飞思P25
镜头：Carl Zeiss Distagon CFE40mm
三脚架：捷信—412，云台：曼富图400
灯具：dedolight,Lowellight，光宝等50余支
电脑：苹果PowerBook

四、视觉的极限／汽车摄影

（一）挑战视觉的极限

摘自《中国商业摄影》

汽车摄影正在直面严酷的现实。由于技术的提升，各汽车厂家利用性价比更高的CG（电脑制作）来制作更多的产品目录和电视广告。客户的需求正在逐渐减少，对摄影业务的需求也将逐年递减。于是，在不久的未来，摄影师的存在价值也会渐渐走向危险的境地。不断失去机会的我们下一步该怎么走？这是每个摄影师必须直面的现实和要认真考虑的问题。本文将视点投向日本的知名汽车摄影师西直树，来看看日本的汽车摄影状况以及他对数码时代汽车摄影的解读。

从20世纪90年代初开始，汽车摄影由胶片逐渐向数码过渡。进入21世纪后，数码摄影时代正式宣布到来。现在日本的摄影棚内几乎100%使用数码相机拍摄；而外景拍摄是胶片摄影和数码摄影各占一片天。摄影师根据现场拍摄的实际情况，巧妙地运用胶片摄影技术和数码摄影技术；修片师则使用Photoshop来回答摄影师、美术指导、客户的要求，进行绘画及修片处理工作。

"条件美术"在精神层面上来说，汽车摄影师与体育运动员有很多相同之处。相互交流非常重要，而不同意见的交锋也很重要。因为我们的工作是通过人与人的交流去创造具体表现的工作。人通过与他人相识，会接受到正反两方面的能量。如果这种能量能将人的潜力挖掘出来，那是最好不过的。我们不是追求纯美术的摄影师，而是追求一种带有附加条件的"条件美术"。摄影师能否将这些条件（预算、日程、环境、工作人员等）融会贯通，也是衡量摄影师的重要因素。

如何将抽象诉求转变成具体再现？在日本以商业摄影为职业的摄影师中，有很多人是"日本广告摄影家协会"的会员。从年轻的摄影师到经验丰富的摄影师，从隶属于某摄影组织的摄影师到一人独闯天下的自由摄影师，可以说是群雄割据的局面。广告公司和制作公司的AD（美术指导）会将符合此次摄影工作的摄影师连同Layout一起向客户做提案。

当摄影师决定下来后，要开多次的沟通会，以缩短与创作人员的距离感，将客户诉求的抽象东西以具体的方式表现出来，以达到最好的表现效果。具体到作者本人，在沟通的同时，作者会通过欣赏电影、读书、听音乐及与周围工作人员的交谈，来提高自己的摄影能力和水平，并在正式拍摄之前注意给身体充电。

举足轻重的器材设施：相机器材非常重要，对摄影师来说，相机是身体的一部分，相机不对劲的话工作也不会顺利进行。作者平时选择使用便捷且经济实惠的器材，为了避免意外，一般会准备两套相机，去条件恶劣的外景拍摄时，会随身携带胶片相机。

影棚是将抽象的原稿通过摄影行为使之具体化的场所。作者在北京公司的影棚有鸭蛋型的白棚和灰棚，根据客户的要求，依据表现方式决定用哪个棚。为了配合摄影工作，还在白棚和灰棚之间建成了三层的办公楼。办公楼与影棚之间用光缆相连，拍摄好的图片可通过服务器传给工作人员，这样从原始素材到修片完稿，随时都能看到。公司还备有会计、后勤、营业、摄影助手的办公间、专用修片室、两个会议室。还有摄影用的材料，如：布、纸、配重、照明设备、高台等。技师拆装车的工作间，车库等。作者本人一直很注意保持良好的工作环境，这样所有的工作人员（包括作者自己在内）才更容易发挥出自己的能力。

（二）摄影后期的编辑作业

在汽车摄影方面，后期制作是无法割舍的。摄影师拍摄后，将数码化的素材交给修片师进行素材整理，最后完成符合客户要求的图像。用电影比喻的话，就是摄影后的编辑作业。我只要有时间就坐在修片师的身后，对修片师提出要求。我们的本部位于日本东京银座的"株式会社日本设计中心"，公司里有众多优秀的摄影师、设计师、文案、职员，总数可达到220人。

创新的表现是思考的延续，由于技术的进步，很多无法表现的东西成为可能，表现的范围也大大提高了。日本摄影师、工作人员也可用CG绘制图片，并日趋成熟。今后CG会与摄影同时前进，这种"混合动力型"的表现形式将会越来越多。我们已在日本进行实践，并且取得了一点成果。将日本新近的流行、欧洲的美感、美国的生命力融为一体的表现形式，是我一贯追求的理想摄影境界。

（三）汽车拍摄实录

1．创意理念

如刊登照片中的丰田雷克萨斯汽车GS的创意理念，是以日本技术的先进性为主题而展开的。它追求对人的心灵的满足，与社会及地球的和谐，而非所谓的厚重、威严的价值。它是对在日本这个国度培育出的美感，对大自然的慈悲，关心别人之心，工匠的匠心的回应。更准确地说，他通过把日本的传统文化与日本先进技术的结合，给高级轿车带来了新的价值。以这种理念为基础，形成了这个项目的关键词——"伟大的航行"，我们在美国西海岸及日本各地进行了摄影。

2. 摄影准备

由于客户的不同工作方式，我们的准备工作也因人而异。我们公司内有AD、CD、设计师、文案、制片、电脑制图师、修片师等与创意有关的人员，所以有问题很容易商量解决。在距汽车发表会还有半年时间之时，我们要进行角度测试，之后交给客户来决定最好的角度。详细的情况会以资料的形式发给我们。根据这些资料，设计师制作Layout，然后开会讨论实现这表现方法的可能性。待最终Layout确定后，再次召集有关人员开会，就表现方法、日程、预算、传递方式与有关方面的车辆协调等重大议题进行讨论。摄影前一周，依照Layout对摄影车辆进行确认，然后开始拍摄。有的客户在摄影前还会就色调和风格等事项开会确认。

3. 现场拍摄

勘景和户外拍摄的工作是选定摄影地点、取得拍摄许可、预算，与客户的关系，车辆是否能开进去，拍摄的最佳时间等等。最担心的就是天气的问题，每天在网上查看天气云图的变化，以决定何时拍摄。户外拍摄时，在满意的环境中，当车和景色在镜头内形成完美的构图，光线（太阳光）也如预期的在瞬间形成理想的光影时，我会欣喜万分，"这就是我们想要的满意环境！"以这种愉快的心情结束一天工作后，晚餐的酒就觉得分外香醇。但户外拍摄经常会遇到意想不到的问题，解决这些问题并圆满完成工作后，听到客户的赞美声，一种满足感和成就感就会油然而生，这是对我们工作人员最好的褒奖。

4.后期修片

在酒店的房间里，修图师先把拍完的文件简单修图（大约达到最终交稿的50%品质），然后给美工确认，以追求更高质量的图片。这次在CCP上被刊登的几个图片，都是和修图师经过反复讨论，在考虑车辆的风格和时尚的基础上，反复修改而形成的成熟作品。

（四）西直树

日本设计中心西直树制作室室长，北京和创图文制作有限公司董事，日本广告摄影家协会会员。有25年汽车专业摄影经验，在世界各地有外景摄影经历。他本人的摄影足迹遍及新西兰、澳大利亚、美国西海岸、法国、德国和中国。在室内摄影方面可以灵活运用最先进的数码摄影技术。

主要客户：丰田汽车、本田技研工业、上海通用、大发汽车、电通、博报堂、DELPHYS等。

荣获奖项：朝日广告奖、每日广告奖、杂志广告奖等。

图3-4-1 汽车摄影，拍摄：西直树

图3-4-2 汽车摄影，拍摄：西直树

图3-4-3 汽车摄影，拍摄：西直树

图3-4-4 汽车摄影，拍摄：西直树

图3-4-5 拍摄：蔡文权
拍摄数据：哈苏H1，35mm镜头，2200万像素的数码后背

图3-4-6 拍摄：蔡文权
拍摄数据：哈苏H1
35mm镜头
2200万像素的数码后背
康素灯8支

图3-4-7 拍摄：蔡文权
拍摄数据：哈苏H1
35mm镜头
2200万像素的数码后背

图3-4-8 拍摄：蔡文权
拍摄数据：哈苏H1
35mm镜头
2200万像素的数码后背
康素灯

（五）完美汽车摄影解析

　　数码时代尽善尽美的汽车摄影，来自于摄影师的画面经营意识，对环境和光效的有效控制。同时，后期的电脑处理将为图片效果锦上添花，从而更好地实现摄影师的初衷。祥一影艺的马来西亚摄影师蔡文权先生，娴熟的汽车拍摄技术令人叹为观止。下面，我们将结合几张拍摄作品，向读者解析其拍摄技巧的精湛。

　　用桥梁结构的弧形和斜拉钢索的直线，来暗示城市的喧闹、躁动的背景和强烈的车辆离心动势，画面借助黄昏多彩与迷幻的天空，彰显车主遁迹尘世的短暂追逐。原片借用晨曦温柔的光线拍成车辆的静态画面，经后期修图形成动势。

　　对高光材质与亚光材质的光源处理，是描述材质肌理的关键技术，由恬美内饰画面构成车辆的亲合力，是这幅商业照片的摄影目的。

马来西亚/中国的客户

祥一影艺（北京）图文设计有限公司成立于2004年，由从日本归国的职业摄影师孔繁程和潘晓艺共同创建，主要从事广告摄影及各类企业宣传摄影的企划制作，现主要由孔繁程和潘晓艺（Kenny）两位摄影师主持拍摄工作。服务于4A广告公司和各类企业，客户主要有：丰田汽车、标致汽车、佳能、惠普、诺基亚、IBM、爱普生、松下电器、伊利、蒙牛、中国电信、乐天、卡夫、康师傅等。

Kenny Chai 蔡文权

1978年出生于马来西亚

1996年-1999年 广告系大专毕业

1999年-2001年 任摄影助理

2001年-2006年 任摄影师

2006年-至今 任高级摄影师

五、妙不可言/创意摄影

（一）摩托罗拉V70手机平面广告的拍摄

图文/香港 蔡经仁 摘自《中国商业摄影》

摩托罗拉V70手机在构造上与其他机型不同，是采用左右旋转打开机盖的，这是广告诉求的重点，也是拍摄的重点。在我看来，海葵美妙的触手、轻柔的姿态，正好比喻这款手机旋转灵活的机盖。因此，我利用电脑将拍摄的手机和海葵的图像进行合成，创作出这幅视觉完美的作品。

前期拍摄：因拍摄时要很灵活和准确地控制手机上盖的旋转和角度的改变，我为此准备了一台放旧黑胶唱片用的唱机。拍摄时，首先将唱机转盘蒙上黑绒布防止其反光，在上面加一根直径约3cm、高15cm的有机玻璃圆柱，并在唱机转盘旁贴上不同的刻度，然后将手机上盖打开正180°放在圆柱上，让手机的重心和有机玻璃圆柱的中心刚好落在转盘轴心点上。小心调整灯光的大小、强弱和范围，控制好照射在手机上的光线，务求手机在不同位置都保持光位一致，重点是与海葵图片的光位吻合，方便后期电脑的制作。最后，转动转盘到已刻定的几个位置分次拍摄。

后期电脑制作：把上述在不同方位拍摄的手机图像逐一放入Photoshop的图层上，调整好各自的透明度，并与海葵的图像以及海底背景色调相融合。

图3-5-1 拍摄：蔡经仁，摩托罗拉V70手机平面广告

图3-5-2 "爆果汽"饮料平面广告
拍摄：黄柏闻

图3-5-3 拍摄：朱德华

（二）健力宝"爆果汽"是怎么拍成的

图文／黄柏闻

图3-5-4 拍摄：朱德华

　　"爆果汽"饮料的感觉和它的包装一样特别，拍摄之前，我构思了很久，最后的定位就是干脆突出一个"爆"字好了，要让人看了图片有口渴的感觉，有想喝的冲动。"爆果汽"饮料的口感强劲刺激，我考虑如果能在周围制造大量的气泡，不仅可以交代饮料的内在爆发力，还可以和产品名字的内涵相吻合，能较好表达"爆果汽"饮料"爆"的特别。有了想法后，拍摄就变得简单了。为了营造这种感觉，增加画面的视觉冲击力，我大胆运用了绿色的背景，这样既突出了瓶子的外型，又能给人一种清爽和健康的联想。拍摄前我先定做了一个玻璃水箱，然后再用强力胶水将饮料瓶固定在水箱里，照明主要用来表现瓶子和气泡的质感，在瓶子的左右两侧各放一盏带柔光箱的闪灯，倒上能产生气泡的透明液体，第一次曝光用黑绒布把产品和背景隔开，第二次曝光在闪光前加块绿色滤色片，再把灯光打在描图纸上，为背景提供了照明。图片分两次曝光拍摄而成，没有用电脑合成。

　　朱德华：SONY创意摄影

　　产品像子弹一样穿透了人的大脑，令血浆变成了金属色，这个索尼SONY新产品就是具有如此的冲击力。

　　性感裸女是恒久不变的吸引元素。利刃组成的翅膀和森冷的色调，令摄像更具有吸引力。同时也添加了未来科幻之感。

（三）黄伟国——创意影像的执行

　　黄伟国是一位经验丰富的广告和时装摄影师。他在从事了15年的静态（硬照）摄影后，转向另一领域，进入了由香港电影导演会主办的第三届电影制作人员及演员训练中心（当时以成龙为会长，孙家文为校长），并于1997年毕业。之后，他加入Centro TV Ltd 担任广告导演，开始从事一些硬照以外的拍摄工作。因此，在

图3-5-5 创意摄影

图3-5-6 创意摄影

图3-5-7 创意摄影

图3-5-8 创意摄影

他的作品中，常会混入一些电影的新元素进行拍摄，而他的专长则是指导并带领演员投入角色。他酷爱音乐，认为音乐可以影响人的情绪，主导及开放思维，激发人大胆地去创作新的视觉领域。

Can Wong擅长于拍摄广告人物和时装杂志图，以他的经验帮助客户完成创意，包括选择拍摄场地，寻找合适的模特儿，制作道具，安排服装、配饰等有关工作。除了传统的菲林制作之外，他的影棚也于2000年开始进入数码摄影的领域，现今的制作过程菲林与数码并存，其中有不少的作品已是纯数码的制作。

Can Wong被选为1999年～2001年度香港专业摄影师公会的会长，且屡获业界奖项。曾荣获的奖项包括香港专业摄影公会年奖、2002 4A'S Creative Awards（创作奖）、龙吟榜广告印刷奖（Longyin Review Print-ad）、第九届《时报》世界华文广告奖2002、中国广告摄影年鉴2001摄影奖及其他国际奖项。他曾获邀拍摄《PHOTO ASA》杂志封面及哈苏FORUM Magazine的专业彩照，也曾代表香港担任第二届中国广告摄影大赛的评委。

图3-5-5是一幅为SUNDAY电信拍摄的广告，意念为感受一下前所未有的刺激感受。画面中的男人穿条纹的小丑衣，戴一副古怪眼镜，坐在黄色的电椅上被电得头发竖直，神情古怪。整个广告以夸张、幽默的方式表达，与追求反叛、刺激、时尚的年轻人很有共鸣。拍摄这幅画其实对环境、道具、人物造型等安排都非常考究，用光方面则尽量让人和背景有关联，比如右面背景会刻意做些反光，使整个画面不会太阴森恐怖，也更有趣味。

图3-5-6同样是为SUNDAY电信拍摄的广告。画面以一种夸张手法来表现，在古老的茶餐厅里，时尚的年轻人以新的方式上网。可看到画面上的年轻人摇身变出多个，就像蜘蛛侠似的攀附在天花板上，让餐厅的员工都目瞪口呆。这个广告试图以一种轻松幽默的方式，说明电信公司的网络已经覆盖到每个角落。画面上的年轻人是在影棚拍摄后再经电脑合成，重点在于不同位置的人物灯光效果需与茶餐厅内的环境光线协调一致。

图3-5-7是为香港中华电力公司拍摄的两款海报。电的产生虽然是在不断消耗大自然的能源，但是中华电力却非常注重环保。画面通过阳光明媚的树林和现出笑脸的大厦，在体现电的重要性的同时，也给人一种惬意温馨的感觉。

树林的画面是由多张不同的拍摄素材组成，关键要捕捉到阳光透过树林的美妙感觉。

图3-5-8中大厦的拍摄在选址上也颇费心思，拍摄时机位不变，多拍些不同的住户单元开灯关灯的素材。画面紫蓝的调子正好衬托出暖黄的灯光，最后经过电脑造出整个大厦的笑脸。

写在后面

  对于《商业摄影与实训》的完成，我感到编写的艰辛与选择的不易。摄影教程可谓汗牛充栋，要有新意谈何容易，但是针对高职教学特点，适用性强的教材并不多。因此本着实事求是的态度，从学生实际能接受并拥有自备摄影器材的能力与现状出发编写了这本教材。本教材特点是针对性强，易操作。摄影技术发明了一个多世纪，理论与技术方面的原创几乎是不可能，而随便拿起相机按下快门得到一张照片，把它说成原创，这样的原创也许价值不大。因此我认为摄影真正意义上的原创，应该是按下快门之前的深入思考，对所拍摄对象的精心表现。尤其在商业摄影领域，行业特色更为明显。有时为拍摄一个主题还需要团队的共同合作才能完成。教材第二章的实训项目素材基本上全是来自课堂教学的积累。大部分是学生的习作，教师的示范。从这一特点来看，可以说教材有较高的原创性。

  在第二章中，以拍摄具体的实训项目为主，我强调的是从高职学生的实际水平出发，实事求是。绝大部分学生从没有摸过相机，如果要想在三周时间内把他们培养成为时尚摄影的大师，拍出令人震撼的作品，这只能是良好的愿望，不太可能成为现实。摄影的基础教学是一种技能教学，更是对于学生学习摄影态度的培养。尤其是商业摄影，正确认真的工作态度，拍摄前期的精心准备，精益求精的影像细节表现，这些都是具体鲜活的教学内容。在第三章内容中，我们能欣赏到世界一流商业摄影师的作品，天才的创意，精湛的拍摄技巧，令人叹为观止，是我们永远的学习目标。

  希望本教材能得到大家的认可，同时也希望大家提出不同的意见，使教材质量得到不断的提升。十分感谢番禺职业技术学院的学生对本教材编写工作的支持与参与，感谢南京非凡广告有限公司张力先生的热情帮助，感谢所有为教材付出努力的人们！

徐 飞

2007年10月20日于广州

总 主 编：林家阳
策　　划：曹宝泉　田　忠
责任编辑：田　忠　甄玉丽　齐炯明　尹传霞　赫　钧
编辑助理：李义恒　王　丰　黄秋实
封面设计：王　璐
装帧设计与制作：张世锋　周鑫哲
校　　对：杜恩龙　刘燕君　曹玖涛　王素欣　李　宏

图书在版编目（CIP）数据

商业摄影与实训／徐飞著．—石家庄：河北美术出版社，
2008.1
教育部高等学校高职高专艺术设计类专业教学指导委
员会规划教材
ISBN 978-7-5310-2957-1

Ⅰ.商… Ⅱ.徐… Ⅲ.商业广告—摄影艺术—高等学校：
技术学校—教材 Ⅳ.J412.9

中国版本图书馆CIP数据核字（2007）第174556号

商业摄影与实训　徐　飞著

出版发行：河北美术出版社
地　　址：河北省石家庄市和平西路新文里8号
邮政编码：050071
制　　版：翰墨文化艺术设计有限公司
印　　刷：河北新华印刷二厂
开　　本：889毫米×1194毫米　1/16
印　　张：8
印　　数：1~5000
版　　次：2008年1月第1版
印　　次：2008年1月第1次印刷

定　　价：41.00元